译文经典

情人的礼物

泰戈尔抒情诗选

Rabindranath Tagore: An Anthology

〔印度〕泰戈尔 著

吴岩 译

上海译文出版社

译本序

罗宾德拉纳特·泰戈尔（1861—1941）是印度著名的诗人、小说家、艺术家、社会活动家。于一八六一年五月七日出生在西孟加拉邦加尔各答市，那是当时英印帝国政治和经济的中心。他的祖父德瓦尔格纳特，以生活豪华而又乐善好施闻名，成了商业时代的"王子"；他的父亲戴温德拉纳特对吠陀和奥义书很有研究，生活简朴纯洁，在社会上被称为"大仙"。

"大仙"生了十四个子女，罗宾德拉纳特·泰戈尔是他最小的儿子。这小儿子八岁时写了他的第一首诗，以后经常在一个笔记本上写些诗句，总要朗诵给长辈们听，"像长出新角的牝鹿，到处用头去碰撞一样。""大仙"喜欢在喜马拉雅山区旅行。罗宾十一岁时，"大仙"把孩子也带出去走了一趟：白天，高山丛林目不暇给，孩子"总担心，别把那儿的美景遗漏了"，晚上，儿子给父亲唱他所喜欢的颂神曲，父亲给儿子讲天文学。罗宾十四岁时，在大学杂志《知识幼苗》上发表了第一部叙事诗《野花》，长达一千六百行，便是以喜马拉雅山为背景的。

一八七八年，罗宾赴英国学法律，兴致索然，改入伦敦大学学英国文学，并研究西方音乐。一八八〇年，奉父命中途辍学回家。他对国内外的学校教育都不怎么喜欢，觉得收获不大。他的家庭植根于印度哲学思潮，浸润于印度文学、艺术的传统，又深受西方文化的影响；罗宾主要是在这样的家庭环境的熏陶下自学成才的。一八九一年，奉父命下乡管理祖传田产，常泛舟漫游，同佃户有些接触，因而触发了改造农村、"更合理地分配财富"的幻想。为此，一九〇一年在圣谛尼克坦创办了一所学校（一九二一年发展成为"国际大学"）。二十世纪初，参加反英的人民运动，以诗歌抨击殖民主义者。他反对暴力，也反对妥协；逐渐与群众运动格格不入时，便退隐了。一九一三年获得诺贝尔文学奖。一九一五年结识甘地。一九一九年发生阿姆利则惨案，泰戈尔愤而放弃英国政府封他的"爵士"称号，从此重新面对现实，关心印度的命运和世界大事。他几次出国，访问过中国、日本、英国、美国、拉美、西欧和苏联，他赞美社会主义的苏联，谴责法西斯主义的猖獗。一九四一年四月，他写下《文明的危机》，控诉英国在印度的殖民统治，深信祖国必将获得民族独立。同年八月七日，泰戈尔在加尔各答去世。

泰戈尔多才多艺，一生创作了五十多部诗集，十二部中、长篇小说，一百多篇短篇小说，二十多个剧本，一千五百多幅画，以及大量的歌曲和文学、哲学、政治方面的论著。从总体看来，他首先是个诗人；授予他诺贝尔文学奖，主要是由于他的诗歌创作，特别是《吉檀迦利》。

泰戈尔自己曾经说过："我觉得我不能说我自己是一个纯粹的诗人，这是显然的。诗人在我的中间已变换了式样，同时取得了传道者的性格。我创立了一种人生哲学，而在哲学中间，又是含有强烈的情绪质素，所以我的哲学能歌咏，也能说教。我的哲学像天际的云，能化成一阵时雨，同时也能染成五色彩霞，以装点天上的筵宴。"①这段夫子自道给了我们一把钥匙：要懂得泰戈尔的诗，诗中的哲理，多多少少得知道一点儿泰戈尔的哲学思想和宇宙观。

季羡林先生在他的研究著作中指出：尽管泰戈尔也受到西方哲学思潮的影响，但他的思想的基调，还是印度古代从《梨俱吠陀》一直到奥义书和吠檀多的类似泛神论的思想。这种思想主张宇宙万有，同源一体，这个一体就叫做"梵"。"梵"是宇宙万有的统一体，世界的本质。人与"梵"也是统一体。"'我'是'梵'的异名，'梵'是最高之'我'。""人的实质同自然实质没有差别，两者都是世界

①引自《海上通讯》，载《小说月报》1924年第4号。

本质'梵'的一个组成部分，互相依存，互相关联。"泰戈尔以神或"梵"为一方，称之为"无限"，以自然或现象世界以及个人的灵魂为一方，称之为"有限"，无限和有限之间的关系，是他哲学探索的中心问题，也是他诗歌中经常触及的问题。泰戈尔跟印度传统哲学不同的地方是：他把重点放在"人"上面，主张人固然需要神，神也需要人，甚至认为只有在人中才能见到神。

季羡林先生还指出："既然梵我合一，我与非我合一，人与自然合一，其间的关系，也就是宇宙万有的关系，就只能是和谐与协调。和谐与协调可以说是泰戈尔思想的核心。"泰戈尔认为"完全的自由在于关系之完全的和谐"。泰戈尔从这种哲学观点出发，宣传爱的福音，认为"真正增强文明的力量，使它真正进步的是协作和爱，是互信和互助"。不过，泰戈尔也并不否认矛盾的存在，他的思想里多少有些辩证法的因素，他承认自然、社会、人的思想都是在流转变化的。"又要和谐，又要流转不息，又要有一些矛盾（泰戈尔所了解的矛盾），那么结果只能产生一种情况，用泰戈尔的术语来说，就是'韵律'，有时候他也把'比例均衡'同韵律并列。只空洞地谈和谐，没有流转，没有高低之别、长短之别，也就无所谓'韵律'。只有流转，没有和谐，也无所谓韵律。只有这些条件具备，才产生'韵律'。在泰戈尔的思想中，'韵律'占极高的地位，这是他的最高理想，最根本的原理，是打开宇宙奥秘的金钥匙。"[1]

我国学者大多认为大诗人泰戈尔的思想发展大体上可分为三个阶段。从十九世纪七十年代起至二十世纪初印度反英运动止，是泰戈尔思想发展的前期。那时泰戈尔是个深情的爱国者，思想明朗，情绪饱满，以诗歌、小说鼓舞人民争取民族的独立，反对印度社会的种姓制度、宗教偏见、封建礼教以及其他愚昧落后的现象。后来，因意见分歧而退出群众斗争，转向自我思想的清理和净化，这就是泰戈尔思想发展的中期。那时泰戈尔陷入孤独、痛苦、忧愁、矛盾之中，思想是复杂的，爱国主义、宗教观念、人道主义是诗人思想上的三根弦，三弦谱成了中期的乐章。从一九一九年起至一九四一年诗人逝世，是泰戈尔思想发展的后期，重新面向世界和斗争。那时，他走访世界各国，热情支持被压迫人民和民族的解放斗争，反帝、反殖的情绪更加明朗、强烈，而且还在一定程度上从俄国的革命中看到了人类的希望……

一般都认为泰戈尔的诗歌创作是和他的思想发展同步的，因此相应地把他的诗歌创作也分成前期、中期和后期。大多数研究者认为：前期是泰戈尔一生诗歌创作最丰富的时期，那时他风华正茂，思想敏捷活跃，感觉丰富多彩，写下

---

① 这一段和上一段里的引文均见季羡林：《泰戈尔的生平、思想和创作》，载《社会科学战线》1981年第2期。

了不少思想价值和审美价值都很高的、耐读的诗篇。后期，泰戈尔在思想上更上一层楼，作品的战斗性更强了，因而博得了不少称赞。中期的诗歌比较复杂，有的也比较费解，因此评论家们往往见仁见智，有的甚至颇有微辞。我是赞同周尔琨先生的观点的："作为现实主义者，泰戈尔总结人生的经验，清理思想，准备继续战斗；作为'爱'的宗教崇奉者，他爱人，爱神，追求'梵''我'合一。在他表面平静的思想的海洋里，潜伏着通向现实生活的、压抑不住的激流。爱国主义和民主主义思想渗透在他的泛神论的宗教中，成为他中期思想的中心支柱。这也就构成了他后期思想飞跃的基础。"[①]正如转变过程中的泰戈尔思想及其发展需要分析研究，相应地对这个时期的诗歌创作也不宜简单化，同样需要仔细研究和品味。

泰戈尔从英国读书回来写了不少抒情诗，一八八二年集为《暮歌》出版，这部诗集展示了诗人的才华和独创性，但有点儿"少年不识愁滋味，为赋新词强说愁"。《晨歌》（1883 年）的情调迥异，表现了青春活力和欢快心情。《画与歌》（1884 年）开始从个人情感的天地里解脱出来，色彩斑斓。诗人自己也承认，早期的诗篇"梦幻多于现实"。《刚与柔》（1886 年）的题材多样化了，标志着诗人开始面向人生、

---

① 周尔琨：《论泰戈尔中期思想》，载《印度文学研究集刊》第一辑。

面向现实生活，他已经走完了他的诗歌创作的序幕阶段。

　　《思绪集》（1890年）是泰戈尔第一部成熟的诗集。内容大致可分五类：爱情诗，自然风景诗，社会题材的诗歌，宗教和神秘主义的诗歌，借自然现象、历史故事或神话传说阐明哲理的诗歌。这五类也是泰戈尔后来诗歌创作的主要内容，只不过不同时期的侧重点有所不同罢了。尤其重要的是：这部诗集表现了质的飞跃，表明泰戈尔的诗歌创作已经形成了它自己的独特的艺术风格。思想的广度、优美的抒情和魅力，使最严厉的批评家折服，也认为"这是他成熟的鲜明标志"。泰戈尔的民主主义思想和人道主义思想，就是在九十年代乡村生活的过程中形成的，反映在诗歌创作上，连年都有硕果丰收，计有：《金舟集》（1894年）、《缤纷集》（1895年）、《收获集》（1896年）、《碎玉集》（1899年）、《梦幻集》（1899年）、《刹那集》（1900年）、《故事诗集》（1900年）。从《思绪集》起的这八个诗集中，除《碎玉集》为格言诗、《故事诗集》为叙事诗外，其余六部都是优美的抒情诗。正如别林斯基所说的，青春是"抒情诗的最好时期"，那时泰戈尔风华正茂，他继承了印度古典文学和中世纪孟加拉民间诗人抒情歌曲的优秀传统，推陈出新，写出了既有民族特色、又有个人特色的抒情诗篇，往往譬喻新颖，意境深远，魅力奇幻，耐人寻味。据说泰戈尔前期的诗歌大多节奏鲜明，音韵和谐，格律严谨，可惜我不懂得孟加拉文，难以从英译本去品味原作的格律美和音乐美。感谢诗人在《吉檀迦利》的英译本问世后，又回过头去陆续把他前期的诗歌译成英文，一一编集出版，如《园丁集》、《新月集》、《采果集》、《飞鸟集》、《游思集》等。刘建先生在他的论文《泰戈尔前期诗歌创作浅论》中指出："这些英文诗集与孟加拉文原作的关系，可以《园丁集》为例。《园丁集》中大部分诗歌译自《刹那集》、《梦幻集》、《金舟集》、《缤纷集》等十九世纪九十年代的孟加拉文诗集。《飞鸟集》除了有些是诗人一九一六年访日时的即兴英文诗作外，相当一部分选译自《碎玉集》。《游思集》的情况也差不多。"①据此，这部《泰戈尔抒情诗选》所收前期诗歌，多从上述各英译本选译，以《园丁集》的人生和爱情的抒情诗为重点，兼顾《飞鸟集》这样的哲理小诗，并有意识地从《采果集》中选译了一些故事诗，也就是叙事诗，借一斑以窥泰戈尔前期诗歌的全貌。

《吉檀迦利》是泰戈尔中期诗歌创作的代表性作品。克里希娜·克里巴拉尼在她写的《泰戈尔传》里说："以乐观开朗的王子身份开始自己生活的罗宾德拉纳特，在本世纪头十年里忍受了内外的种种痛苦和折磨，离别和侮辱，斗争和打击。这一切最后都融合和纯化在那些抒情诗歌里，这些诗

---

① 见刘建《泰戈尔前期诗歌创作浅论》，载《印度文学研究集刊》第一辑。

歌于一九〇九——一九一〇年从他压抑和完美的心灵中喷泻出来，一九一〇年收在题为《吉檀迦利》的诗集中出版了。他后来从这一百五十七首诗中选择了五十一首放进英译本《吉檀迦利》，从此扬名四海。"①这个译本是泰戈尔亲自一首又一首地译成英文的，他自己说："从前，某种情感的和风唤起了心中的欢愉情趣；如今，不知为什么又通过其他语言的媒介，焦急不安地体验着它。"②可见泰戈尔的翻译是一种再体验和再创作。有的学者认为英译本有时有所浓缩或删节，弄得支离破碎、失掉了孟加拉文原著的美；这种评论多少有点儿道理，可是失之过分。诗人毕竟最了解自己的诗歌，他自己的译文但求传神，他重新体验、创造了那份思想感情，并不刻板地严守形式的移植。却说诗人自己翻译的《吉檀迦利》，经过罗森斯坦，送到了叶芝手里。叶芝一读这部诗稿就着迷了。他说："这些抒情诗……以其思想展示了一个我生平梦想已久的世界。一个高度文化的艺术作品，然而又显得极像是普通土壤中生长出来的植物，仿佛青草或灯心草一般。"叶芝对译稿作了极个别的文字润饰。一九一二年十月伦敦印度学会初版《吉檀迦利》时，叶芝还特地给诗集写了"序"，③尽管初版只印了750册。大诗人 E·庞德

---

① 见倪培耕《泰戈尔传》中译本第 254 页。
② 见泰戈尔致其甥女英迪拉·黛维的信。
③ 这个"序"赞美和分析了泰戈尔的这些诗，已译出附在本书内。

曾在七月间参加叶芝家里诗人和作家们的一次聚会，听叶芝朗诵泰戈尔的抒情诗，发现叶芝"为一位伟大的诗人，'一个比我们中间任何一个都要伟大的诗人'的出现而感到激动不已"。庞德事后评述道，"这种深邃的宁静的精神压倒了一切。我们突然发现了自己的新希腊。像是平稳感回到文艺复兴以前的欧洲一样，它使我感到，一个寂静的感觉来到我们机械的轰鸣声中。""我在这些诗中发现了一种极其普通的情感，使人想起在我们西方生活的烦恼之中、在城市的喧嚣之中、在粗制滥造的文艺作品的尖叫之中，以及在广告的旋涡之中常常被忽视的许许多多东西……""如果这些诗有什么瑕疵——我不认为它们有瑕疵——即有脱离普通读者的倾向，它们确实太神化了。"①

一九一三年十一月泰戈尔因《吉檀迦利》而获得诺贝尔文学奖。泰戈尔得奖之前，瑞典科学院是经过一番争论的。当时瑞典诗人瓦尔纳·冯·海登斯塔姆大力推荐："我读了这些诗歌，深受感动。我不记得过去二十多年我是否读过如此优美的抒情诗歌，我从中真不知道得到多么久远的享受，仿佛我正在饮着一股清凉而新鲜的泉水。在它们的每一思想和感情所显示的炽热和爱的纯洁性中，心灵的清澈，风格的优美和自然的激情，所有这一切都水乳交融，揭示出一种完

①原作刊《双周评论》1918 年 3 月号，此处译文转引自《泰戈尔传》。

整的、深刻的、罕见的精神美。他的作品没有争执、尖锐的东西，没有伪善、高傲或低卑。如果任何时候诗人能够拥有这些品质，那么他就有权得到诺贝尔奖金。他就是这位泰戈尔诗人。"①泰戈尔获奖时，冰岛小说家拉克斯奈斯才十五岁，这位到了一九五五年也获得诺贝尔文学奖的大作家，追述当年泰戈尔的影响道："这个奇异的、细腻的和遥远的声音立即进入了我年轻的精神耳朵的深处。从那时起，我时时刻刻在自己心灵的深处体会它的存在。像对西方读者一样，在我们国家里《吉檀迦利》的形象及其芳香产生了我们闻所未闻的优美花朵般的影响。由于它的巨大影响，不少诗人进行创作散文诗的新实验。"②尽管我国是在东方，我国最初介绍泰戈尔的诗歌时的情况，倒是有点儿同斯堪的纳维亚的国家相似。

《吉檀迦利》是泰戈尔中期诗歌创作的高峰，所以这部《泰戈尔抒情诗选》从其中选译的诗篇数量较多，比重较大。石真先生是懂得孟加拉文的，据她的调查研究，《情人的礼物》和《渡》这两个英译本，主要选自《宗教颂歌》、《鸿鹄集》、《摆渡集》、《歌之花环》、《吉檀迦利》和《刹那集》，凡此都是属于中期的创作，所以我从这两个英译本中

---

① 海登斯塔姆在 1916 年也获得了诺贝尔文学奖。这段话转引自《泰戈尔传》。
② 拉克斯奈斯的话转引自倪培耕译《泰戈尔传》。

也酌量选译了一些。泰戈尔在《流萤集》的卷首说："《流萤集》来源于我的中国和日本之行：人们常常要求我亲笔把我的思想写在扇子和绢素上。"他是一九一六年五月间到达日本的，逗留了三个月，他在日记里写道："这些人的心灵像清澈的溪流一样无声无息，像湖水一样宁静。我所听到的一些诗篇都是犹如优美的画，而不是歌。"他还举了一首青蛙跳进古池塘的俳句为例。他的这些小诗显然是受了日本俳句的影响；有人认为"这些诗没有很高的文学价值"，我倒有所偏爱，所以也选译了一些。《鸿鹄集》是根据泰戈尔的学生奥罗宾多·博斯的英译本转译的，选的诗篇比较多一些，一是因为他是从孟加拉文逐字逐句译过来的，不像泰戈尔自己翻译时那样自由地进行再创作，有所浓缩或删节。《采果集》、《情人的礼物》、《渡》中好些诗篇都是选自《鸿鹄集》的，我都没有采择，如果觉得哪几首有必要选译的话，就从博斯的英译本转译，让读者借此也多少看到泰戈尔用孟加拉文写的诗歌是什么模样的。例如《情人的礼物》第一首是写泰姬陵的，较短，也简化了，现在选译的是《鸿鹄集》的第七首，长了好几倍，接近结尾的十多行朦胧晦涩之至。二是从思想内容上考虑的。据博斯说，泰戈尔在第一次世界大战期间写下了《鸿鹄集》中大部分诗篇。泰戈尔在给他的朋友的信中说道："我写《鸿鹄集》时在我内心激发起来的感情仍旧活在我的心里。它们像鸿鹄翱翔似的涌来，像鸿鹄似的从诗人的心灵飞向未知的世界，怀着一种难以表达的、迫不及待的、不平静的感情。……它们的翅膀不仅扰乱了子夜的寂静，而且在我的心里唤醒了无限的声音——那才是真正的意义……因此我把这卷诗集命名为《鸿鹄集》……也许有一个看不见的内在链环把诗篇联系在一起。……我内心里明确起来的思想，也不光是那些关于战争的思想。……通过战争，传来一种呼唤，叫我去参加一个四海之内兄弟友谊的节日……我感到人性已经到达了十字路口——在我们的后面躺着过去，黑夜正在临近尽头，而穿过死亡和苦恼，一个新世纪的红色黎明正在破晓。因此，由于一种并不明显的缘故，我的心灵十分激动！"泰戈尔的思想发展到了一个转折点，他逐渐向当年高举"超越战争"的旗帜、宣传兄弟友爱之谊和国际主义的罗曼·罗兰一边靠拢了。他自己说得很清楚："这种感情在我内心里的初次发育成长，我已表达在《鸿鹄集》里。有一段时间，我是在沿着邀我就道的那模糊道路摸索前进的；在这种感情的冲动下，虽然当时我并没认识到，这些诗篇便产生了。这些诗篇像许多旗帜，标志着我要旅行的途径。当时不过是一种感情，在诗里的表达也是不明确的，今天可成了一种坚定的认识，我带着这种认识达到了一个明确的目标。"泰戈尔自己的话替我阐明了从《鸿鹄集》中多选几篇的缘故，也有助于我们理解和品味这些诗篇。

一般的说法是：到了第三阶段，随着泰戈尔重新生气勃勃地参加政治活动，他的诗歌创作从内容到形式都有了一些变化，主要是调子慷慨激昂，洋溢着爱国主义、人道主义的热情，充满了反对殖民主义、军国主义和法西斯主义的正义感。季羡林先生认为，泰戈尔的诗歌，既有"光风霁月"的一面，又有"金刚怒目"的一面。早期和中期以前者为多，晚期以后者为多。诗人去世以后，他生前的朋友克里希那·克里巴拉尼等编选了一本共收一百三十首诗的《诗集》，编选的意图，看来是侧重于反映泰戈尔"金刚怒目"、慷慨陈词那一面。编者对泰戈尔的诗歌创作，按四个时期，分为四辑，即（一）1—57 首（1886—1914 年）；（二）58—87 首（1916—1927 年）；（三）88—112 首（1928—1939 年）；（四）113—130 首（1940—1941 年）。那个分期，显然和一般的早、中、晚三期的分法是大不相同的。具体记录如上，一则供研究者参考，二则至少可以据此推算哪些诗是大致在哪些年月里写作的。从这本《诗集》看来，"光风霁月"和"金刚怒目"这两个因素，存在于泰戈尔任何时期的诗歌创作里，不过是在某一特定时期里某一因素占主导地位罢了。这部《泰戈尔抒情诗选》，从克里希那·克里巴拉尼等编选的《诗集》里采择了不少政治抒情诗，着重于选译各个不同时期的那些"金刚怒目"式的诗篇，以补充从《园丁集》、《吉檀迦利》等选译之不足。《诗集》的（二）、（三）、（四）辑，基本上都是泰戈尔晚期的诗歌，因而选译的比重大一些，以显示泰戈尔晚年政治抒情诗的特色。顺便说一句，泰戈尔"光风霁月"式的抒情诗固然有些比较晦涩难懂，但"金刚怒目"式的诗，有些也并不好懂，晦涩之处实在参不透的，我就没有敢选译，尽管人们经常论及的那些政治抒情诗是基本上都译了。

一九三七年九月间诗人生了一场大病，真是九死一生，奇迹似地救活了。但他从此一直是病恹恹的，始终没有完全康复。一九四一年五月朋友们为他庆祝了八十岁生日；同年八月七日，诗人便溘然长逝了。

吉尔伯特·默里教授是泰戈尔生前的朋友，他称赞泰戈尔"是个真正的诗人，而且是个新型的诗人，他能使东方和西方的想象互相理解。他的天才是抒情的"。我颇有同感，因而选译了这部《泰戈尔抒情诗选》。除了我不懂孟加拉文、掌握的资料不多之外，我在欣赏、理解、采择和表达等等方面，都有我的局限性，都有力不从心的地方，所以，尽管主观上自以为是艺苑掇英，很可能实际上却把偌大花园的好些色彩和芳香留在外面了。这是我必须向读者致歉的。好在泰戈尔许多诗集的一个又一个的全译本，仿佛一个又一个的花园，我们国内有的是单行本。例如，我的老师和前辈郑振铎先生和冰心先生、精通孟加拉文的石真先生、我的老同事汤永宽同志，都译过不少泰戈尔的诗篇，有的在我青少年时期就培养了我的审美趣味，有的给了我不少启发和教益，我至今还是很感激的。

这部抒情诗选，许多是新译的，旧译选入也重新作了斟酌或订正，最后定稿时又得到译文出版社老编辑的认真校订，谨致衷心的感谢之情。

吴岩

一九八六年夏

目　录

序诗

我在这儿把我的诗篇献给你，

密密地写满这个本子，

仿佛一只笼子里挤满了鸟儿。

我的诗句成群地飞过的

那蔚蓝的空间，那环绕星辰的无限，

可都留在诗集外边了。

从黑夜的心头摘下的繁星，

密密地串成一条项链，

也许可在天堂近郊

珠宝商手里售个高价，

然而众神会惦记、怀念

那神圣而不分明的空灵价值。

且想像一首诗歌，像飞鱼，突然

从时间的静默深渊中闪烁地一跃而起！

你可想把它网住，

把它同一群俘获的鱼儿

一起陈列在玻璃缸里？

在公子王孙悠闲的豪华时代里，

诗人天天在慷慨的君王面前

吟咏他的诗篇；

当时没有印刷机的幽灵

以喑哑的黑色

涂抹那音调铿锵的闲暇的背景，

诗篇倒在不相干的自然伴奏下生气勃勃，

当时一节节诗句

也不是排成一块块整齐的字母，

叫人默默地囫囵吞下去的。

唉，专供耳朵静听细听的诗篇，

今天在主人挑剔的眼前给束缚住了，

仿佛一行行用铁链锁起来的奴隶，

被放逐到无声纸张的苍白里去了；

而那些受到永恒亲吻的诗歌，

已经在出版商的市场上迷失了道路。

因为这是个匆忙而拥挤的亡命时代，

抒情女神

不得不乘电车和公共汽车
去赴心灵的约会。

我叹息，我恨不生在
　　迦梨陀娑①的时代，
而你是——这种胡思乱想
　　又有什么用处？
我绝望地生在繁忙的印刷机时代
　　——一个姗姗来迟的迦梨陀娑，
而你，我的情人，却是全然摩登的。

你躺在安乐椅上，
懒洋洋地翻阅着我的诗篇，
而你从来无缘半闭着眼睛
静听低吟诗歌的韵律，
听罢还给诗人戴上玫瑰花冠。
你付出的唯一代价，
就是在大学广场上
付给那书亭售货员
几枚银币。

① 迦梨陀娑，印度古代剧作家、诗人，约生于四到五世纪的笈多王朝。著有《云使》、《沙恭达罗》等。

园丁集

序

　　印在这本书里的、从孟加拉文译过来的、关于爱情和人生的抒情诗，写作的年代，大部分比收在名为《吉檀迦利》那本书里的一系列的宗教诗，要早得多。译文不一定都是逐字逐句直译的——有时有所节略，有时有所阐释。

罗宾德拉纳特·泰戈尔

一

臣仆

我后，垂怜你的仆人吧！

皇后

会议结束了，我的臣子们都散了。你为什么在这样晚的时刻才来呢？

臣仆

当你处理完了别人的事，这就挨到我了。

我来要求的，就是留给你最后一个仆人做的事情。

皇后

时候已经太晚了，你还能指望什么呢？

臣仆

委派我做你花园里的园丁吧。

皇后

这是什么傻劲儿呀？

臣仆

我决意放弃我的其他职务。

我把我的剑与矛委弃在尘土之中。不要派遣我去遥远的宫廷；不要嘱咐我从事新的征伐。但要委派我做你花园里的园丁。

皇后

那么你的职责是什么呢？

臣仆

侍奉你悠闲的时日。

我要使你清晨散步的花径永远鲜妍，你的双足，将步步受到甘心舍命的繁花礼赞相迎。

我要摇荡在七叶树间荡秋千的你，傍晚的月亮将竭力透过树叶来吻你的衣裙。

我要以香油添满那燃点在你床头的灯；我要以凉鞋、以番红花浆所作的奇妙的图案，装饰你的足凳。

皇后

你要求什么作你的酬报呢？

臣仆

容我握起你柔嫩如莲花蓓蕾一般的纤手，把花环轻轻地套在你的腕上；容我以无忧树花瓣的红汁，染你的脚踵，而且吻掉那偶或滞留在脚缋上的一星尘土。

皇后

我赐你如愿以偿，我的仆人，你将作我花园里的园丁。

二

"啊，诗人，黄昏渐近；你的头发在花白了。

"在你孤寂的冥想中，你可听到来世的消息？"

"是黄昏了，"诗人说，"而我正在谛听，也许村子里有人呼唤，虽然天色已经晚了。

"我留神年轻而失散的心是否已经相聚，两对渴慕的眼睛是否在祈求音乐来打破他们的沉默，替他们诉说衷情。

"如果我坐在人生的海岸上，竟冥想死亡与来世，那么，有谁来编制他们的热情的歌呢？

"早升的黄昏星消失了。

"火葬堆的火光在寂静的河畔慢慢地熄灭了。

"在残月的光华下，豺狼从荒屋的院子里齐声嗥叫。

"如果有什么流浪者，离家来到这儿，通宵无眠，低头听黑暗的喃喃自语；如果我关上大门，竟想摆脱尘世的羁绊，那么，有谁来把人生的秘密悄悄地送进他的耳朵呢？

"我的头发在花白了，那是微不足道的小事。

"我永远跟村子里最年轻的人一样年轻，跟最年迈的人一样年迈。

"有的人微笑，甜蜜而且单纯；有的人眼睛里闪烁着狡黠的目光。

"有的人大白天里泪如泉涌；有的人黑夜里掩泣垂泪。

"他们大家都需要我，我无暇思索来世。

"我跟每一个人是同年的，如果我的头发花白了，那又有什么关系呢？"

五

我心绪不宁。我渴望遥远的事物。

我心不在焉，热望着抚摸那昏暗的远方的边缘。

啊，伟大的远方，啊，您那笛子的热烈的呼唤呀！

我忘记了，我总是忘记了，我没有飞翔的翅膀，我永远束缚在这一个地方。

我焦灼，我失眠，我是一个异乡的异客。

您吹送给我的气息，悄声微语着一个不可能实现的希望。

我的心领会您的言语，就像领会自己的言语一样。

啊，我所求索的远方，啊，您那笛子的热烈的呼唤呀！

我忘记了，我总是忘记了，我不认识路，我没有飞马。

我心绪不宁，我是我自己心里的一个流浪汉。

在慵倦的时刻，烟雾朦胧的阳光下，在天空的一片蔚蓝里，出现了你的何等浩瀚的幻影啊！

啊，遥远的天涯海角，啊，您那笛子的热烈的呼唤呀！

我忘记了，我总是忘记了，在我那独自居住的房子里，门户处处是关着的啊！

七

啊，母亲，年轻的王子要在我家门口经过——今天早晨我怎么能干我的活儿呢？

教给我怎样编我的辫子；告诉我穿什么衣裳。

你为什么诧异地瞅着我呢，母亲？

我明明知道，他不会抬头看一眼我的窗子；我明白他在转瞬之间就会走得看不见人影；只有逐渐消失的笛声，会从远方呜呜咽咽地传到我的耳旁。

可是年轻的王子要在我家门口经过——我要在这一刻穿上我最好的衣裳。

啊，母亲，年轻的王子的确在我家门口经过，早晨的太阳从他的马车上闪射出光芒。

我从我脸上掠开面纱，我从我颈子上摘下红宝石的项链，我把项链投在他经过的路径上。

你为什么诧异地瞅着我呢，母亲？

我明明知道，他并不捡起我的项链；我知道：项链碾碎在他的车轮下，只剩一块红斑留在尘土上，而我的礼物是什么，我把它送给什么人，却谁也不知道。

可是年轻的王子的确在我家门口经过，我把我胸口的珠宝投到了他要经过的道路上。

九

当我在夜间独自去赴幽会的时候，鸟也不唱了，风也不动了，房子默默地站在街道的两旁。

一步响似一步的是我自己的脚镯，它使我感觉害羞。

当我坐在露台上谛听他的足音的时候，林间的叶子寂静无声，河里的流水也凝然不动，正如那睡熟了的哨兵膝上的利剑。

狂野地跳动的是我自己的心——我不知道怎样使它

平静。

当我的爱人来了，来坐在我的身旁，当我的身体颤抖，我的眼帘下垂的时候，夜黑起来了，风把灯吹灭了，而云给繁星笼上了面纱。

闪烁发光的是我自己胸前的珠宝。我不知道怎样把它遮掩。

一一

你就这样来吧；别把时间消磨在你的梳妆上了。

如果你的辫子松了，如果你的头路分得不直，如果你胸衣上的缎带没有结好，你都不用介意。

你就这样来吧；别把时间消磨在你的梳妆上了。

来吧，以轻捷的脚步越过草地而来吧。

如果你脚上的赭石因露水而脱色了，如果你脚上的铃铛圈儿松弛了，如果你项链上的珍珠脱落了，你都不用介意。

来吧，以轻捷的脚步越过草地而来吧。

你可看见云霾遮蔽着天空？

成群的白鹤从远处河岸向上飞冲，灌木丛生的荒原上奔腾着一阵阵方向不定的狂风。

焦急的牛群向村子里的牛栏直奔。

你可看见云霾遮蔽着天空？

你徒然点亮你梳妆的灯——灯在风中摇曳熄灭了。

谁能知道你的眼皮上没有抹上灯煤呢？因为你的眼睛是比雨云还要乌黑的啊！

你徒然点亮你梳妆的灯——灯熄灭了。

你就这样来吧；别把时间消磨在你的梳妆上了。

如果花环没有编好，谁在意呢；如果腕上的链子没有接好，那就随它去吧。

天空布满云霾——时间已经不早了。

你就这样来吧；别把时间消磨在你的梳妆上了。

一二

如果你愿意忙碌，愿意盛满你的水壶，来吧，到我的湖边来吧。

湖水将依恋地环抱你的双足，汩汩地诉说它的秘密。

欲来的雨的影子落在沙滩上；云低压在一系列蔚蓝的树木上，正如浓重的头发覆在你的眉毛上。

我十分熟悉你足音的律动，它动荡在我的心里。

来吧，到我的湖边来吧，如果你一定要盛满你的水壶。

如果你愿意偷懒闲坐，并且让你的水壶在水上漂浮，来吧，到我的湖边来吧。

草坡是翠绿的，野花是数不尽的。

你的思想将如鸟儿离巢，从你乌溜溜的眼睛里往外飘浮。

而你的面纱将落到你的脚边。

来吧，到我的湖边来吧，如果你一定要闲坐。

如果你愿意丢下你的游戏，愿意在水里泅游，来吧，到我的湖边来吧。

把你蓝色的斗篷留在湖岸上吧，蓝蓝的湖水将掩盖你和隐藏你。

波浪将踮起脚来吻你的颈子，在你的耳边悄声细语。

来吧，到我的湖边来吧，如果你愿意在水里泅游。

如果你一定要疯疯癫癫，一定要纵身跳向死亡，来吧，到我的湖边来吧。

湖水冰凉而深不可测。

湖水黑暗如无梦的睡眠。

在那湖水深处，昼夜不分，而歌声就是沉默。

来吧，到我的湖边来吧，如果你愿意投水自尽。

一四

中午已逝，竹枝在风中萧萧摇曳，我在路旁踯躅，不知道为了什么。

俯伏的树影伸出手臂，挽住匆忙的日光的双足。

布谷①唱厌了它们的歌曲。

我在路旁踯躅，不知道为了什么。

亭亭如盖的树，遮荫着那水边的茅屋。

有一个人在忙着她的工作，她的手镯在角落里发出音乐。

我兀立在那茅屋的门前，不知道为了什么。

曲折的小径，通过好些芥菜田，好些芒果林。

它经过了村子里的庙宇，码头边的市集。

---

① 原名为 koel，一种印度的布谷鸟。

我停留在那茅屋的门前，不知道为了什么。

那是多年前微风和煦的三月天，那时候春的细语是慵倦的，芒果花正掉落在尘土上。

粼粼的水波激荡，水花舐吻着放在河埠踏级上的铜壶。

我想起了微风和煦的三月天，不知道为了什么。

夜影渐浓，牛羊也回到它们的栏里去了。

孤寂的草原上暮色苍茫，村里的人在河边等着渡船。

我缓步回去，不知道为了什么。

一五

我飞跑如一头麝香鹿：因为自己的香气而发狂，飞跑在森林的阴影里。

夜是五月中旬的夜，风是南来的风。

我迷失了我的路，我彷徨歧途，我求索我得不到的，我得到了我不求索的。

我自己的欲望的形象，从我的心里走出来，手舞足蹈。

闪烁的幻象倏忽地飞翔。

我要把它牢牢抓住，它躲开了我，它把我引入了歧途。

我求索我得不到的，我得到了我不求索的。

一六

两手相挽，凝眸相视：这样开始了我们的心的纪录。

这是三月的月明之夜；空气里是指甲花的甜香；我的横笛遗忘在大地上，而你的花环也没有编成。

你我之间的这种爱情，单纯如歌曲。

你的番红花色的面纱，使我醉眼陶然。

你为我编的素馨花冠，像赞美似的使我心迷神驰。

这是一种欲予故夺、欲露故藏的游戏；一些微笑，一些微微的羞怯，还有一些甜蜜的无用的挣扎。

你我之间的这种爱情，单纯如歌曲。

没有超越现实的神秘；没有对不可能的事物的强求；没有藏在魅力背后的阴影；也没有在黑暗深处的摸索。

你我之间的这种爱情，单纯如歌曲。

我们并不背离一切言语而走入永远缄默的歧途；我们并

不向空虚伸手要求超乎希望的事物。

我们所给予的和我们所得到的，都已经足够。

我们不曾过度地从欢乐中压榨出痛苦的醇酒。

你我之间的这种爱情，单纯如歌曲。

一七

黄鸟在她们的树上歌唱，使我的心欢腾雀跃。

我们俩同住在一个村子里，那就是我们的一桩欢喜。

她宠爱的一对羊羔，来到我们花园里树荫下吃草。

如果羊羔闯进了我们的大麦田，我就双手把羊羔抱起。

我们村子的名字叫卡旃那，大家管我们的河流叫安旃那。

我的名字全村都知道，她的名字叫兰旃娜。

我们之间只隔着一块田地。

在我们的小树林里作窠的蜜蜂，到她们的小树林里采蜜。

从她们的河埠上扔下去的花朵，浮到我们洗澡的溪流里。

一篮篮干燥的红花，从她们的田野里来到我们的市集上。

我们村子的名字叫卡旃那，大家管我们的河流叫安旃那。

我的名字全村都知道，她的名字叫兰旃娜。

曲曲折折通到她家门口的小巷，春天里充满了芒果花的芳香。

她们的亚麻子成熟得可以收割的时候，大麻在我们的田里开花。

在她们的茅屋上微笑的繁星，送给我们同样荧荧发亮的眼光。

涨满了她们的池塘的春雨，也使我们的迦昙波^①树林欢欣。

我们村子的名字叫卡旃那，大家管我们的河流叫安旃那。

我的名字全村都知道，她的名字叫兰旃娜。

一九

满满的水壶靠着臀部，你在河滨小径上走过。

---

①迦昙波，茜草属植物，开大黄色花，作桔香。

你为什么迅速地转过脸来，透过飘扬的面纱偷偷地睃我呢？

你从黑暗中投到我身上的、明亮的眼光，像一丝微风，送一阵战栗透过粼粼的水波，又吹向朦胧的岸边。

你投到我身上的眼光，像黄昏时分的飞鸟，匆忙地穿越没有灯火的房间，从一个开着的窗子进去，从另一个开着的窗子出来，便消失在黑夜里了。

你隐藏如群山后面的一颗星星，而我是大路上的一个过客。

可是，满满的水壶靠着臀部，你在河滨小径上走过的时候，你为什么要驻足片刻，透过面纱睃我的脸呢？

二一

当天色方曙的时候，这个彷徨的年轻人，为什么他偏要来到我的门口呢？

我每次走出走进都从他身边经过，而他的脸又吸住了我的眼睛。

我不知道我应该跟他说话还是保持沉默。为什么他偏要来到我的门口呢？

七月里多云的夜是黝黑的；秋季里的天空是蓝得柔和的；南风骀荡的春日是心神不定的。

每次他都用新鲜的调子编制了他的歌曲。

我搁下我的工作，而我的眼睛蒙蒙眬眬。为什么他偏要来到我的门口呢？

二二

当她快步从我身边经过的时候，她的衣裙的边缘触及了我。

从一颗心的未知的岛上，吹来了一丝突如其来的、温暖的、春天的气息。

衣裙绰綵的飘忽的接触，轻拂即逝，仿佛那撕掉的花瓣飘飏在微风里。

这飘忽的接触落在我的心上，仿佛就是她肉体的叹息和心灵的低诉。

二六

"我收受你自愿的手所给予的。我别无他求。"

"是的，是的，谦和的求乞者，我懂得你，你要求的是人家所有的一切。"

"如果有一朵飘零的落花给我，我就戴在我的心上。"
"但如果花上有刺呢？"
"我就忍受。"
"是的，是的，谦和的求乞者，我懂得你，你要求的是人家所有的一切。"

"如果你抬起爱恋的眼睛瞧我的脸，哪怕只是一次，也会使我终身甜蜜，死后犹甜。"
"但如果只是残酷的眼色呢？"
"我就留着它刺透我的心。"
"是的，是的，谦和的求乞者，我懂得你，你要求的是人家所有的一切。"

二七

"相信爱情，即使它给你带来悲哀也要相信爱情。别深锁紧闭你的心。"

"啊，不，我的朋友，你的话是玄妙的，我不能够了解它们的意义。"

"心就是为了交给别人的，伴随着一滴眼泪和一支歌曲，我的爱人。"

"啊，不，我的朋友，你的话是玄妙的，我不能够了解它们的意义。"

"快乐像露水一样脆弱，大笑之际就消失无遗。但悲哀是坚强而持久的。让悲哀的爱情在你的眼睛里醒来。"

"啊，不，我的朋友，你的话是玄妙的，我不能够了解它们的意义。"

"莲花在太阳的眼光下开放，因而失掉了它所有的一切。于是它就不会在永远的冬日之雾里始终含苞待放。"

"啊，不，我的朋友，你的话是玄妙的，我不能够了解它们的意义。"

二八

你询问的眼睛是悲伤的。你的眼睛要探索我心里的意思，正如月亮要探测大海的深浅。

我已经把我的生活自始至终暴露在你的眼前，毫无隐藏，也毫无保留。这就是你为什么不了解我的缘故。

如果它只是一块宝石，我就能把它打成碎片，串成项链，戴在你的颈子上。

如果它只是一朵花，圆圆的，玲珑而又芳香，我就能把它从花茎上摘下来，缀在你的头发上。

然而它是一颗心啊，我的亲爱的。哪儿是它的边哪儿是它的底呢？

你不知道这王国的疆界，而你仍然是这王国的皇后。

如果它只是片刻的欢乐，它就会在悠然的一笑中绽成花朵，而你就能在刹那间看到它领会它。

如果它只是一种痛苦，它就会溶化成晶莹的泪珠，不用说一句话就反映出最隐秘的秘密。

然而它是爱情啊，我的亲爱的。

它的欢乐和痛苦是无限的，而无穷的是它的贫乏和富足。

它像你的生命一样的贴近你，然而你永远不能完全了解它啊。

三〇

你是在我的梦之天空里飘浮着的晚霞。

我永远用爱的渴望来描绘和塑造你的形象。

我无穷的梦里的居民啊，你是我的亲亲，我的亲亲！

我的夕阳之歌的采集人啊，你的双足因我心头欲望的霞光而嫣红。

你的嘴唇因我痛苦的酒味而甜苦。

我孤寂的梦的居民啊，你是我的亲亲，我的亲亲！

出没在我凝眸睇视里的人儿啊，我已经用我热情的阴影，染黑了你的眼睛。

我的爱人啊，我已经用我音乐的网，逮住了你，裹住了你。

我不朽的梦里的居民啊，你是我的亲亲，我的亲亲。

三一

我的心是旷野的鸟，已经在你的眼睛里找到了天空。

你的眼睛是早晨的摇篮，你的眼睛是繁星的王国。

我的歌曲，消失在你眼睛的深处。

就让我翱翔在那一片天空里，翱翔在那一片孤寂无垠的空间里。

就让我排开它那朵朵的云彩，在它的阳光里展翅飞翔。

三二

告诉我，这一切可是真的，我的爱人，这可是真的？

当我的眼睛闪射出电光，你胸中的乌云就报之以风暴？

我的嘴唇，真的像那第一次意识到的爱情在蓓蕾方绽时一样的甜蜜？

那逝去的五月的记忆，竟还萦绕在我的手足之间？

我的双脚接触大地时，大地竟为之震动，像竖琴一样响起了音乐？

那么，黑夜看见了我便眼睛里掉下露水，晨曦拥抱了我的身体便欢欣喜悦，可又是真的吗？

可是真的，可是真的，你的爱情竟历尽千年万代、走遍天涯海角、不辞跋涉地找寻我吗？

而当你终于找到了我的时候，你那年深月久的热情，真的也就在我的温柔的言语、眼睛、嘴唇和飘垂的头发里，找到了完满的安宁吗？

那么，"无限"的神秘就写在我渺小的额角上，可又是真的吗？

告诉我，我的爱人，这一切可是真的？

三五

生怕我不费功夫就懂得你：你就故意逗弄我。

你用笑声的闪光使我的眼睛迷眩，从而掩饰你的眼泪。

我知道，我知道你的巧计，

你从来不说你心里要说的话。

生怕我不珍爱你：你就千方百计地躲避我。

生怕我把你与众人混淆不清，你就站在一边。

我知道，我知道你的巧计，

你从来不走你心里要走的路。

你的要求超过了别人的，那就是你为什么缄默的缘故。

你用玩笑的漫不经心的神情回避了我的礼物。

我知道，我知道你的巧计，

你从来不接受你心里要接受的东西。

三七

"美人，把你的鲜花环挂在我的颈子上，好吗？"

可是你必须知道，我已经编的那一个花环，是为了许多人编的，为那些只在刹那间见到的人，住在没有勘探过的地方的人，生活在诗人的诗歌里的人。

要求我的心酬答你的心，是已经太晚了。

有过一个时候，我的生命像蓓蕾，一切芳香都贮藏在核心里。

现在可已经散之四方了。

谁知道那个能够把它重新收集和封藏起来的魔法呢？

我的心不是我自己的、仅仅献给一个人的心，我的心是献给许多人的。

三八

我的爱人，从前你的诗人的心灵里，有一首伟大的史诗在航行。

咳，我一个不留神，它就触着了你丁当的脚镯，落了个悲哀的结局。

它碎成零落残破的歌，零乱地散落在你的脚下。

我所载运的一切古代战争的故事，被哗笑的波浪摇撼震荡，浸透了泪水，沉没了。

你一定得赔偿我这个损失，我的爱人。

如果我对死后名垂不朽的期望是破灭了，你就使我在活着的时候不朽吧。

那么，我就决不惋惜我的损失，我就决不责备你。

三九

我整个儿早晨要想编一个花环，可是花朵腻滑难缀，纷纷掉落了。

你坐在那儿，你窥探的眼睛偷偷瞟着我。

问问这双暗暗策划着恶作剧的眼睛吧，这究竟是谁的过失？

我要想唱一个歌，可是唱不成。

一个隐约的微笑悸动在你的嘴唇上；你向它追问我失败的原因吧。

让你微笑的嘴唇对天起誓：我的歌声是怎样的消失在沉默里，正如醉醺醺的蜜蜂消失在莲花里。

是黄昏了，是花朵合上花瓣的时候了。

允许我坐在你的身边，嘱咐我的嘴唇做那在静默中在朦胧的星光里所能做的事吧。

四〇

当我来告别的时候，一丝怀疑的微笑掠过你的眼睛。

我来告别的次数太多了，所以你认为我不久就会回来的哩。

跟你说老实话吧，我自己心里也有同样的怀疑。

因为春日去而复来，圆月别后重访，而年复一年，繁花重发，嫣红枝头；我的辞行呢，仿佛也只是为了重新来到你的身边。

暂时保留着这幻想吧，不要粗率地把它匆匆送走。

当我说我要永远离开你了，你就把它当做真话，让泪水的雾暂时加深你黑色的眼眶吧。

你再尽情地娇笑吧，当我重来的时候。

四四

长老，饶恕这一对罪人吧。今天春风在狂野地疾卷奔腾，卷走了尘土，卷走了枯叶；于是你的教训也随着尘土和枯叶而消失了。

长老，不要说人生是空虚的。

因为我们已经一度与死亡互不相犯，我们俩仅仅在这几个芬芳的时辰里就得到了永生。

哪怕开来了国王的军队，猛烈地攻击我们，我们也要悲哀地摇摇头，说："兄弟们，你们在打搅我们了。如果你们一定要玩这喧闹的游戏，到别处去动你们的干戈吧。因为我们只是在稍纵即逝的片刻里得到了永生。"

如果友好的人们围拢来了，我们也要谦和地向他们鞠躬，说："这放浪形骸的好运对于我们是件窘迫的事。我们所居住的无穷的天空里，缺少转身的余地。因为春天里繁花成群地开放，蜜蜂忙碌的翅膀彼此冲撞。我们的小小的天堂，只住着我们这两个不朽的人的地方，是狭窄得太可笑了啊。"

四九

我握住她的手，把她紧抱在我的怀里。

我想以她的美丽充实我的怀抱，以接吻劫掠她的甜笑，以我的眼睛畅饮她的黑黝黝的眼色。

啊，可是，它在哪儿呢？谁能强取天空的蔚蓝呢？

我竭力要把捉住美；美躲开了我，只留下肉体在我的手里。

我回来了，挫败了也疲倦了。

肉体怎么能接触那只有精神可以接触的花朵呢？

五七

宇宙啊，我采撷你的花朵。

我把花紧抱在心头，而花的刺却刺痛了我。

当白昼消逝、天色暗下来的时候，我发觉花已经萎谢了，但痛苦依然存在。

宇宙啊，更多的花朵将带着芳香和妍丽来到你的身边。

但我的采集花朵的时机是过去了；没有玫瑰，只有滞留的痛苦伴我度过长夜。

五九

女人啊，你不仅是上帝的杰作，而且也是男人的杰作；这些人永远在从他们心里把美丽赋予你。

诗人们在以金色的幻想的线为你织网；画家们在给你的形体以永久常新的不朽。

大海献出珍珠，矿山献出金子，夏天的花园献出花朵，来装饰你、遮掩你，使你更加珍贵。

男子心里的欲望，把它的光辉洒遍了你的青春。

你一半是女人一半是梦。

六一

安静吧，我的心，让这分别的时刻成为甜蜜的。

让它不成为死而成为完满。

让爱情融成回忆而痛苦化成歌曲。

让冲天的翱翔终之以归巢敛翅。

让你的手的最后的接触，温柔如夜间的花朵。

美丽的终局啊，站住一忽儿，在缄默中说出你最后的话吧。

我向你鞠躬，而且举起我的灯给你照亮道路。

六三

旅人，你一定要走吗？

夜是静谧的，黑暗昏睡在树林上。

露台上灯火辉煌，繁花朵朵鲜丽，年轻的眼睛也还是清醒的。

是你离别的时候到了吗？

旅人，你一定要走吗？

我们不曾以恳求的手臂束缚你的双足。

你的门是开着的。你的马上了鞍子站在门口。

如果我们曾设法挡住你的去路，那也不过是用我们的歌曲罢了。

如果我们曾设法阻拦你，那也不过是用我们的眼睛罢了。

旅人，要留住你我们是无能为力的。我们只有眼泪。

是什么不灭的火在你眼睛里灼灼发亮？

是什么不安的狂热在你的血液里奔腾？

黑暗中有什么呼唤在催促你？

你在天空的繁星间看到了什么可怕的魔法，黑夜乃带着封缄的密讯，进入了你沉默而古怪的心？

疲倦的心啊，如果你不爱欢乐的聚会，如果你一定要安静，我们就灭掉我们的灯，也不再弹奏我们的竖琴。

我们就静静地坐在黑暗中的叶声萧萧里，而疲倦的月亮就会把苍白的光华洒在你的窗子上。

旅人啊，是什么不眠的精灵从子夜的心里触动了你呢？

六四

我在大路的灼热的尘土上消磨我的白昼。

现在，在黄昏的凉意里，我敲旅店的门。旅店荒凉颓败了。

一棵狰狞的阿刹思树，在墙垣的裂缝里伸展着饥饿的抓紧不放的树根。

曾经有过这样的日子：那时候徒步的旅行者，到这儿来洗他们疲倦的脚。

他们在初升的月亮朦胧的光辉里，在院子里铺开了席子，坐下来谈远方异域。

他们在早晨神清气爽地醒来：鸟雀使他们愉快，友好的繁花在路旁向他们点头。

但当我来到这儿的时候，没有点亮的灯在等我。

好几盏被遗忘了的黄昏的灯，留下了黑色的烟煤；而烟煤像盲人的眼睛，从墙上瞪目凝视。

萤火虫在干涸的池边丛莽里飞翔，竹枝把阴影投掷在长满青草的小径上。

我是在我的白昼的尽头的、根本没有主人的来客。

漫漫长夜在我的前面，而我是疲倦了。

六六

一个流浪的疯子在寻找点金石，他沾满尘土的头发蓬乱蜡黄，身体消瘦得成了影子。他的嘴唇紧闭，像他的紧闭的心扉；而他的燃烧着的眼睛，好像找寻着伴侣的萤火虫。

无垠的大海在他面前咆哮。

滔滔的波浪不绝地谈到蕴藏的宝库，嘲笑那不知其意义的人们的愚昧。

也许他现在是一点希望也没有了，然而他不肯罢休，因为这种探索已经成为他的生命，——

正如海洋为了那不可企及的，永远向天空举起它的胳膊——

正如星星周而复始的运行，然而始终追求着永远不能达到的目标——

头发蓬乱蜡黄的疯子竟这样的依旧徘徊在孤寂的海滩上找寻点金石。

有一天，一个乡下孩子跑过来问道，"告诉我，你是在哪儿找到那系在你腰间的金链子的？"

疯子大吃一惊——过去一度是铁的链子现在确实是金的了；这不是梦，然而他不知道链子在什么时候起的变化。

他狂乱地打他的额角——哪儿，啊，他在哪儿不知其然而然地获得了成功？

已经成为一种习惯了，捡起石子，碰一碰链子，然后又把石子掷掉，也不看看是否已经发生变化；疯子就是这样的找到了而又失掉了点金石。

太阳正低低地向西方沉落，天空是金色的。

疯子走上回头路，重新去找寻失掉了的宝贝，筋疲力尽，弯腰曲背，心灰意懒，像一棵连根拔起的树木。

六八

没有一个人长生不老，也没有一件东西永久长存。兄弟，记住这一点而欢欣鼓舞吧。

我们的一生不是一个古老的负担，我们的道路不是一条漫长的旅程。

一个独特的诗人不必唱一个古老的歌。

花褪色了凋零了；戴花的人却不必永远为它悲伤。

兄弟，记住这一点而欢欣鼓舞吧。

为了编织完美的音乐，必定要有完全的休止。

为了沉溺在金色的阴影里，人生向夕阳沉落。

必定要把爱情从嬉戏中唤回来，让它饮烦恼的酒，把它带到眼泪的天堂。

兄弟，记住这一点而欢欣鼓舞吧。

我们赶紧采集繁花，否则繁花要被路过的风蹂躏了。

攫取那迟一步就会消失的吻，使我们的血行迅速，眼睛明亮。

我们的生活是热烈的，我们的欲望是强烈的，因为时间在敲着别离的丧钟。

兄弟，记住这一点而欢欣鼓舞吧。

我们来不及把一件东西抓住，挤碎，而又弃之于尘土。

一个个的时辰，把自己的梦藏在裙子里，迅速地消逝了。

我们的一生是短促的；一生只给我们几天恋爱的日子。

如果生命是为了艰辛劳役的话，那就无穷地长了。

兄弟，记住这一点而欢欣鼓舞吧。

我们觉得美是甜蜜的，因为她同我们的生命依循着同样飞速的调子一起舞蹈。

我们觉得知识是宝贵的，因为我们永远来不及使知识臻于完善。

一切都是在永恒的天堂里做成和完成的。

然而，大地的幻想之花，是由死亡来长保永新的。

兄弟，记住这一点而欢欣鼓舞吧。

七二

我连日辛苦，造了一个庙宇。这庙没有门没有窗，墙是用巨石密密地砌成的。

我忘却其他一切，我躲避整个世界，我在狂喜的沉思里凝视我安置在祭坛上的偶像。

庙里面永远是黑夜，又被香油的灯所照明。

供香的不断的烟，袅袅缭绕在我的心头。

不睡不眠，我用混乱纷杂的线条，在墙上刻画出荒诞不经的画像——插翅的马，人面的花，四肢像蛇的女人。

哪儿也没有通路可以传进来鸟的啁啾，叶子的萧萧，忙忙碌碌的村庄的喧哗。

唯一的在这黑暗的庙里回响的声音，就是我念咒语的声音。

我的心灵变得敏锐而宁静，像猛烈的火焰；我的感觉昏迷在狂喜之中。

直到雷殛庙宇、我痛彻心肺为止，我不知道时间是怎样过去的。

灯看上去苍白而含羞；墙上的雕刻像是用链子缚住的梦，在亮光中无谓地瞪着眼睛，仿佛很想掩藏自己似的。

我瞧瞧祭台上的偶像。我看见偶像微笑，由于上帝生动的触摸而生气勃勃了。我所囚禁起来的黑夜已经展翅飞去，消失无遗了。

七三

无限的财富不是你的，我的坚忍的忧郁的大地母亲啊。

你辛勤劳动，使你的儿女可以糊口，然而食物是稀少的。

你作为礼物送给我们的喜悦，永远是残缺的。

你为你儿女所作的玩具，是脆弱易碎的。

你不能满足我们所有的饥渴的希望，难道我就因此而抛弃你吗？

你那蒙上痛苦的阴影的微笑，对于我的眼睛是甜蜜的。

你那无有穷尽的爱，对于我的心是宝贵的。

你曾经在你的胸膛上以生命而不是以不朽哺育我们，这就是为什么你的眼睛永远是惊醒的缘故。

多少年来你以色彩和歌曲工作着，然而你的天堂并没有造成，只造成了伤心的、使人想起天堂的东西。

在你所创造的美丽的东西上面，笼罩着泪水的雾。

我要以我的歌注入你缄默的心，以我的爱注入你的爱。

我要以劳动来敬奉你。

我看到了你温柔的脸，我热爱你哀伤的尘土，大地母亲啊。

七四

在世界的听众会堂里，朴素的草叶，跟阳光和子夜的星辰同席共谈。

我的歌，就是这样的跟云和森林的音乐一同在世界的心里分占着席位。

朴素庄严的是太阳愉快的金色，是沉思的月亮柔美的光辉；可是你，有钱的人啊，你的财富却与这种朴素庄严无关。

拥抱一切的天空的祝福，是并不落在财富上的。

而当死亡出现的时候，财富就褪色，枯萎，化为尘土了。

八〇

美丽的女人啊，你能以你眼睛的一个流盼，掠尽诗人竖琴上弹奏的歌曲的全部财富！

然而你对诗人的歌颂却充耳不闻，因此我就来歌颂你。

你能使世界上最骄傲的人拜倒在你的脚下。

然而你选以崇拜的，却是你所爱的无名的人，因此我就崇拜你。

你那完美的手臂的触摸爱抚，将使帝王的尊荣增加光辉。

然而你却用以扫除尘土，清洁你朴实无华的家，因此我就满心敬爱你。

八二

今夜，我和我的新娘要玩死亡的游戏。

夜是黑的，天空里的云是变幻莫测的，而海上的波涛正在怒吼。

我和我的新娘，离开了入梦的床，打开大门，走出门来。

我们坐在秋千上，暴风从后面给我们一阵狂野的推动。

我的新娘又喜又惧地跳起身来，战战兢兢，紧紧偎依在我的胸口。

我温柔地侍奉了她好久。

我给她做了个繁花缀成的床，我关上门，不让粗暴的光芒照射她的眼睛。

我轻轻吻她的嘴唇，柔声在她耳边低语，直至她在慵倦中半陷入昏迷。

她迷失在朦胧的甜情蜜意的无穷迷雾里。

她不回答我手的爱抚，而我的歌也唤不醒她。

今夜旷野风暴的呼唤，传到了我们的耳边。

我的新娘战栗，站起身来，她抓住了我的手跑出去。

她的头发在风中飞舞，她的面纱飘扬，她的花环在她胸口飒飒作响。

死亡的推动——把她推进了生的境界。

我和我的新娘，我们脸对着脸、心对着心。

八三

她住在玉米田边的山麓，在那化作哗笑的小溪、流过古树的庄严阴影的泉边。妇人们到那儿去盛满她们的水壶，旅人们常坐在那儿休息谈天。她每天伴随着溪声潺潺，工作和做梦。

一天黄昏，陌生人从白雪深处的山峰上下来；陌生人的头发纠结如困倦的蛇。我们诧异地问："你是谁？"他不回答，却坐在潺潺不息的溪畔，默默地凝望她所住的茅屋。我们的心在恐惧中发抖，我们回家时天已经黑了。

第二天，妇人们到雪松旁的泉水边取水，他们发现她的茅屋门户洞开，然而她的声音是没有了，她微笑的脸又在哪儿呢？空空的水壶倒在地板上，她的油灯已经在角落里燃尽了。没有人知道她在天亮以前跑到哪儿去了——而陌生人已经走了。

在五月这一个月里，太阳强烈起来了，雪融解了，而我们坐在泉水边哭泣。我们心里诧异："她所去的地方可有泉水，她能在这些炎热口渴的日子里盛满她的水壶吗？"我们互相惊异地询问："在我们所居住的这些山岭外面，可有陆地吗？"

是夏夜；微风从南方吹来；我坐在她的寂无人影的房间里，灯摆在那儿，依旧没有点上。突然，山岭在我眼前消失了，仿佛是拉开的幕。"啊，原来是她来了。你好吗，我的孩子？你幸福吗？可是，在这露天之下，你能在何处藏身呢？咳，可惜我们的泉水不在这儿，不能解你的渴。"

"这儿是同样的天空，"她说，"只是没有山岭的屏障罢了——扩大成为河的就是那同一条溪水，展开成为平原的就是那同一个大地。""这儿一切俱全，"我叹息道，"只是我们可不在这儿啊。"她悲哀地微笑，说道，"你们在我的心里。"我醒来，听到了夜间溪声潺潺，雪松萧萧。

八五

一百年后读着我的诗篇的读者啊，你是谁呢？

我不能从这春天的富丽里送你一朵花，我不能从那边的云彩里送你一缕金霞。

打开你的门眺望吧。

从你那繁花盛开的花园里，收集百年前消逝的花朵的芬芳馥郁的记忆吧。

在你心头的欢乐里，愿你能感觉到某一个春天早晨歌唱过的、那生气勃勃的欢乐，越过一百年传来它愉快的歌声。

游思集

I

一

永恒的游思遐想，你玄妙地遄飞疾卷，在你无形的激荡下，四周静止的空间涌起了光芒的涡卷着的泡沫。

情人越过无边无际的寂寞向你呼唤，难道你的心竟听而不闻？

你纠结的发辫散成风暴般的混乱，而火珠仿佛从断裂的项链上掉落下来，沿着你的道路乱滚，难道唯一的理由就是你那痛苦的、迫不及待的匆忙吗？

你飞速的步子，扫开了一切废物，吻得这个世界的尘土甜甜蜜蜜的；环绕你舞蹈着的手足的风暴，把神圣的死亡的阵雨，洒落在生命上，使生命鲜妍地成长。

如果你在突如其来的疲倦之中暂停片刻，这世界就会隆隆地滚成一堆，形成一种障碍，阻挠自己的进展，甚至最小的一粒尘土，也会挟着不堪承受的压力，洞穿无垠的天空。

光明的脚镯绕着你不可见的双足摇动，它们的韵律活跃了我的思想。

它们回响在我的心的搏动里，而我的血液里也涌起了泰古海洋的颂歌。

我听见雷鸣般的洪水，把我的生命从这个世界翻腾到那个世界，从这个形体翻腾成那个形体，把我的存在分散地撒在无穷的礼物的浪花里，撒在哀愁里和歌曲里。

风急浪高，这一叶小舟随之起舞，我的心啊，它就像你的愿望一样。

把积存的东西留在岸上，扬帆越过这深不可测的黑暗，航向光明吧。

三

暮色渐浓，我问她，"我来到了什么陌生的地方？"

她只是垂下眼帘；她走开的时候，清水在她那水壶的颈子里汩汩地响。

树木朦胧地低垂在河岸上，田野看来仿佛已经属于往昔。

流水默默无声，竹林黑苍苍的，一动也不动，小巷里传来手镯轻叩水壶的丁当声。

别再划了，把小舟系在这棵树上吧——因为我喜欢这田野的景色。

黄昏星落到寺院圆顶背后去了，大理石台阶的苍白色，影影绰绰地出没在黑水里。

迟迟未归的旅人在叹息；因为隐蔽的窗子里射出的灯光，被路边交织的乔木和灌木切成碎片，撒到黑暗中去了。依旧有手镯轻叩水壶的丁当声，落叶遍地的小巷里，踏步归去的窸窣声。

夜深沉，宫殿的塔楼朦胧显形，仿佛幽灵似的，而城市疲倦地呻吟。

别再划了，把小船系在树上吧。

让我在这陌生的地方寻求休息吧，这地方朦胧地躺在繁星之下，黑暗因手镯轻叩水壶的丁当声而战栗激动。

九

如果在迦梨陀娑是国王的诗人的时代，而我正住在邬阇衍那①皇城的话，我就会认识个马尔瓦姑娘，我的思想里会充满了她那音乐般的芳名。而她也会透过她眼帘的斜影向我

---

① 邬阇衍那，即优禅尼，旃陀罗笈多二世的首都。

睑视，听任素馨花绊住她的面纱，以便有个借口逗留在我的身边。

这件事发生在往昔，而这往昔的踪迹，已经在时间的枯叶下泯灭无遗了。

学者们今天为那日期，那捉迷藏般的日期，考证、争论不休。

我不梦想那风流云散的年代而为之心碎，但我为那些随岁月逝去的马尔瓦姑娘们再三哀叹！

我不知道，那些随着国王的诗人的抒情诗篇一起激荡的日子，被姑娘们盛在花篮里，带到哪一重天去了？

我生得晚，无缘遇见这些姑娘。今天早晨，这种隔绝沉重地压在我的心头，使我心中悲伤。

然而，四月带来的，就是她们用以装饰头发的鲜花，而在今天的玫瑰花上低语的，也就是当年吹拂她们的面纱的南风。

而且，说句老实话，今年春天倒也并不缺少欢乐，尽管迦梨陀娑不再吟咏诗歌了；我知道，如果他能从诗人的天堂里望见我，他妒忌我也不无道理。

一〇

我的心啊，别管她的心，让它秘而不宣吧。

如果美丽的只是她的风姿，微笑的只是她的脸，那又怎么样呢？让我毫无疑窦地接受她的眉目传情而感到幸福吧。

她两臂环抱着我，我不管这是不是虚情假意的罗网，因为罗网本身是华丽珍贵的，而欺骗也可以一笑置之，淡然忘却。

我的心啊，别管她的心：如果音乐纯正美妙，即使歌词花言巧语不足为信，也该满意了；且欣赏舞蹈的优美，优美如百合花漂浮在漾着涟漪的、诱人的水面上，不管水底下隐藏着什么。

一一

乌尔瓦希①，你不是母亲，不是女儿，也不是新娘。你是蛊惑天国神灵的妇人。

当步履困乏的黄昏降临牛栏，牛群也都已回到栏里的时候，你绝不剪灯芯剔亮屋里的灯火，你走向新嫁娘的床，心里不慌不乱，唇边也没有一丝踌躇的微笑。黑暗的时刻是如此神秘，你为之欣喜。

你像黎明一样，不戴面纱，乌尔瓦希，你也毫不害羞。

---

① 天国里的舞女，从大海上升腾而起的。

谁能想象得出那创造你的、疼痛地泛滥着的光华！

在第一个春天的第一天，你右手执着生命之杯，左手执着鸩酒，从翻腾的大海上升腾而起。大海这个怪物，像一条着了魔的巨蛇，沉沉入睡了，把它的上千条头巾放在你的脚边。

你那纤尘不染的光芒从海沫上冉冉升起。白白的，赤裸裸的，犹如素馨花。

啊，乌尔瓦希，你这永恒的青春，难道你永远小巧、胆怯、含苞欲放？

你以深蓝色的夜作为摇篮，在那有宝石的奇光异彩照耀在珊瑚上、贝壳上和形态如梦的动物上的地方，沉沉入睡，难道你一直睡到白昼显示出你风华正茂的体态？

啊，乌尔瓦希，你这魅力无穷的尤物，世世代代的一切男人全都崇拜你！

在你的眸子的顾盼下，世界因青春焕发的痛苦而心悸，苦行僧把他酸涩的果实放在你的脚边，诗人的歌吟咏着围绕在你香气袭人的身边。你的双足，在无忧无虑的欢乐中轻快地一路走去，脚踝上的金铃丁当，甚至会伤了空虚的风的心。

乌尔瓦希，当你在众神面前跳舞，把新奇韵律的轨道投入空间，大地为之颤抖，绿叶、青草和秋天的原野起伏摇晃；大海涌起了韵律如疯如狂的波涛；繁星落到了天空里——那是从你胸前跳动着的项链上迸落下来的珍珠；男人们的心里突然袭来骚乱，血液也随之翩翩起舞了。

乌尔瓦希，你是天国沉睡峰巅上第一个打破睡眠的人，你使天空纷乱不宁。世界用她的眼泪沐浴你的四肢；用她的心的鲜血的颜色染红你的两脚；乌尔瓦希，你轻盈地站在被水波摇晃的、欲望的莲花之上，你永远在那茫茫无边的心灵里游戏，尽管那儿痛苦地分娩着上帝的心慌意乱的梦。

一六

因为我暂时忘记了我自己，我来了。

可是，抬起你的眼睛吧，让我看看眼睛里是否滞留着往日的影子，像天边上那一片已被夺去雨水的白云。

如果我忘记了我自己，请暂时容忍我吧。

玫瑰依旧含苞未放；它们还不知道，今年夏天我们怎么忘了采集鲜花。

晨星同样惴惴不安、沉默无言；遮掩你的窗户的树枝，把曙光网住了，就像往日一样。

因为我暂时忘记了流光的变化，我来了。

我忘记了我向你袒露我的心时，你是否转过头去，使我羞惭。

我只记得搁浅在你颤抖的唇边的低语；我只记得在你乌黑的眼睛里掠过的热情的影子，仿佛暮色里寻找家室的鸟儿的翅膀。

因为我忘记了你已经记不得这些了，我来了。

II

七

我的诗歌像蜜蜂，它们在空中追蹑你香气袭人的踪迹，追踪关于你的记忆，从而围绕着你的娇羞浅唱低吟，一心渴求那隐秘的宝藏。

黎明的清新在阳光里委顿下去了，中午的空气沉重低垂，森林寂静无声，这时候，我的诗歌回到家里来了，慵倦的翅膀上沾满了金粉。

九

来生在另一个遥远世界的亮光里散步，如果我们相逢的话，我想我会惊讶地停下步来的。

那时我会把这双乌黑的眼睛看作是晨星，心里又感到它们是属于前生某一个已经记不得的夜空的。

我会看得出你面容上的魅力并非全然是它自己所固有的，倒是偷取了一次已经记不得的会见中我眼睛里的热情的光芒，而且还从我的爱情里采集了一种神秘之情，尽管现在已经把它的根源忘个干净。

一二

像烦躁的孩子推开玩具，今天我的心对我提出来的每一个词句都摇摇头说："不，不是这个。"

然而千言万语，处于模糊朦胧的痛苦境地，影影绰绰地出没在我的心灵里，像流云飘浮过山岑，等候着碰巧吹来的风为它们卸去雨水的负担。

但是，抛开这些徒然的努力吧，我的灵魂，因为寂静会使它的音乐在黑暗中成熟起来的。

今天我的生命像是个正在忏悔苦修的修道院，泉水在那儿不敢流动，也不敢低语。

我的心肝，这可不是你跨进大门的时候；一想到你脚镯上的铃铛在小径上丁丁当当地响过来，花园里的回声就会感到害羞。

知道明朝的歌曲今天尚在蓓蕾之中，如果它们看见你走过去，它们尚未成熟的心说不定会紧张得破裂的。

一三

心肝，你从哪儿带来这惴惴不安？

让我的心爱抚你的心，用接吻把痛苦从你的沉默里抹掉吧。

黑夜从它的深处抛出这短促的时刻，使爱情得以在这紧闭的重门之内建造一个新天地，还用这一盏孤灯给这新天地照明。

我们只有一枝芦笛作为乐器，我们两对嘴唇只好轮流吹奏。我们只有一只花环作为花冠，只好先戴在你的前额上，然后再绾在我的头发上。

从我胸前撕下薄纱，我要在地上铺设我们的眠床；一个吻，一夜欢乐的睡眠，就会充实我们这个微小而又无涯的天地。

一五

今天我穿上这新的袍子，是因为我的肉体很想放声歌唱。

一见钟情、永结同心是不够的，我倒是必须从这种情爱中每天制作出新的礼物，我穿上这新的袍子，岂不像是个新鲜的献礼？

我的心，像黄昏的天空一样，对色彩抱着无穷的热情，因此我更换我的面纱，时而青翠如清凉的嫩草，时而碧绿如冬天的禾苗。

今天，我的袍子的颜色是镶着雨云的天空的蔚蓝色。这袍子给我的四肢无垠大海的颜色，海外远山的颜色，袍子的褶裥里还载着夏云在风中翱翔的喜悦哩。

一七

夜间，歌曲浮上我的心头；可是你不在我的身边。

歌曲找到了我整天在寻找的词句。是的，天黑以后的转瞬之间，词句在寂静之中吟成了音乐，就像繁星这时候开始闪烁出光芒一般；可是你不在我的身边。我原是指望在今天早晨唱给你听的；然而，现在你是在我的身边了，可我费尽力气，尽管音乐是出来了，歌词却踌躇不前。

二七

我在青草丛生的小径上散步，忽然听到背后有人在说话：“瞧你还认识我吗？”

我转过身去，瞧瞧她，说道：“我记不得你的名字了。”

她说道：“我是你年轻时遇到的第一个大烦恼。”

她的眼睛，看上去像是空气里还含有露水的清晨。

我默默地站了一会儿才开口：“你泪水涟涟的沉重负担都已消失了吗？”

她莞尔微笑，默不作声。我感觉到她的泪水已经有充分的时间学会微笑的语言了。

“有一次你说过，”她悄悄地说道，“你要把你的悲哀刻骨铭心地永远记住。”

我的脸赧红了，我说：“是的，我说过；可是岁月流逝，我就忘记了。”

于是，我把她的手握在我的手里，说道：“可是你变了。”

“过去一度是烦恼，现在已经心平气和了，”她说。

III

三

两个村庄隔着一条狭窄河流相望，渡船往返其间。

河水不阔也不深——不过是小径中断了，给日常生活添了点儿风险，好比一支歌里有个歌词的间歇，曲调依旧欢乐地一泻而过。

亿万金元的高楼大厦，高耸云霄而又毁为废墟了，这些村庄倒依旧隔着琤琮的流水聊着天儿，而渡船往返其间，从春播到秋收，从一个世代到另一个世代。

九

乌云愈来愈浓重，直至晨曦仿佛一条拖泥带水的花边镶在雨夜上。

一个小女孩站在窗口，沉静得像是一道彩虹横挂在平息下来的暴风雨的大门口。

小女孩是我的邻居，她来到世间仿佛某个神明的叛逆的笑声。她的母亲愤愤地说她是不可救药的；她的父亲莞尔微笑，说她疯疯癫癫。

她像是跳过巨砾逃跑的瀑布，像是绿竹的最高枝，在不息的风中飒飒地响。

她站在窗口，向天空里凝望。

她的姐姐走过来，说："妈妈叫你呢。"她摇摇头。

她的小弟弟拿着玩具船走过来，要想拉她去玩儿；她的手从他手里挣脱出来。男孩子缠住她不放，她在他背上打了一下。

开天辟地的时候，第一个伟大的声音，是风和水的声音。

大自然古老的呼唤——大自然对尚未出生的生命的喑哑的呼唤——已经传送到这女孩子的心里，而且唯独把她的心引导到了我们的时间藩篱之外：所以她站在那儿，被永恒迷住缠住了。

二二

这所房子，在它的荣华富贵逝去以后，仍旧留连地站在路旁，像一个背脊上披着一片打了补丁的破布的疯子。

岁月恶狠狠地抓得它伤痕斑斑，雨季又在它赤裸裸的砖头上留下了异想天开的签名。

楼上一个无人居住的房间里，一对房门中的一扇从生锈的铰链上脱落了，剩下另一扇孤零零的门，日日夜夜随着阵风砰砰地响。

某夜，从这所房子里传来了妇女恸哭的声音。她们哀悼家中最小的儿子的夭折，他才十八岁，在流动剧团里扮演女角谋生的。

过了几天，这所房子变得静悄悄的，所有的门都锁上了。

只有楼上北边儿那个房间里，那扇孤独的门既不愿意掉下来休息，又不肯给关上，却在风中前后摇晃，像一个折磨自己的幽灵。

过了一些时候，儿童的声音再一次在那所房子里喧闹。阳台栏杆上，女人的衣衫晾在阳光里。一只鸟儿在覆盖着的笼子里鸣啭，一个男孩在平台上放风筝。

一个房客来租了几间房子。他挣的钱很少，生的孩子很多。劳累的母亲打孩子，孩子在地板上打滚、叫喊。

一个四十岁的女佣整天干着活儿，同她的女东家吵架，威胁说，她要走，可又从来不走。

天天做些小修小葺。窗上没有玻璃，便贴上纸，栏杆断却的地方，用竹爿修补；大门没有门闩，就用空箱子顶住；墙垣新近粉刷过，陈旧的污渍又隐约地露出来了。

昔日的荣华富贵已在今天的败落景象里找到了合适的纪念；然而，他们缺乏足够的财力，要想用靠不住的办法来掩盖败落的景象，于是就损害了房子的华贵。

他们忽略了楼上北边儿那个无人居住的房间。那扇孤独凄凉的门仍旧在风中砰砰地响，仿佛失望女神在捶打自己的胸膛。

二三

苦行者在森林深处紧闭双目苦修苦炼；他一心要使自己得以进入天堂。

可是，那拾柴的姑娘，用衣裙兜着，给他把果子送来，拿树叶当杯子，给他从溪流里把水舀来。

日子一天天过去，他的苦修苦炼愈来愈严格了，后来他果子也不吃，水也不喝了：拾柴的姑娘心中悲伤。

天堂里的君王听说有个人竟胆敢要想成为神明模样。他曾一再的同势均力敌的泰坦作战，不让他们进入他的王国；然而他怕的是有力量受苦受难的人。

但他懂得尘世凡人之道，便设计了一个圈套诱骗这尘世凡人放弃他的冒险。

天堂里吹来的气息，亲吻了拾柴姑娘的四肢，她的青春因突如其来的美丽而狂喜得痛苦，她的思想嗡嗡作响，像是蜂房受到干扰的蜜蜂。

苦行者离开森林、到山洞里去完成他严格的苦修苦炼的时候到来了。

苦行者为了启程张开眼睛的时候，姑娘出现在他的面前，仿佛一首熟悉而又遗忘了的诗，由于新添了曲调而变得新奇。苦行者从座位上站起身来，告诉她说，该是他离开森林的时候了。

"可是，为什么剥夺我给你效劳的机会？"她眼睛里噙着泪水问道。

他重新坐下，沉思良久，便留在原地不动。

那天夜间，姑娘心中悔恨，不能成眠。她开始害怕自己的力量，憎恨自己的胜利，可是她的心灵却在骚乱不宁的喜悦的波浪上激荡。

早晨，她来向苦行者施礼，说是她必须离开他了，请求他为她祝福。

他默默地凝望着她的脸，然后说道："去吧，祝你如愿以偿。"

他多年独自静坐，直至他的苦修苦炼功德圆满。

众神的君主下临尘世，告诉他：他已经赢得了天堂。

"我不再需要天堂了，"他说。

上帝问他要想得到的更大酬报是什么。

"我要那拾柴的姑娘。"

二六

这人不干实用的正经事儿，只有各种各样异乎寻常的幻想。

他一生都花在使小玩意儿尽善尽美上，死后发现自己竟进了天堂，因而大为惊异。

却说天上的向导领错了地方，竟把这闲人领到了专为善良、忙碌的人们而设的天堂里去了。

在天堂里，这闲人沿着大路漫步闲逛，只不过是阻碍了人家的忙忙碌碌。

他站到路旁，人家警告他踩坏了播下的种子。人家一推，他吓了一跳；人家一挤，他朝前移动。

一个十分忙碌的姑娘到井边来汲水。她的脚奔跑在碎纹石小道上，仿佛敏捷的手指弹拨竖琴的琴弦。她匆匆忙忙地把头发随便挽了一个结，额上松散的鬓发探进了她乌黑的眼睛。

这闲人对姑娘说："你愿意把水壶借给我吗？"

"我的水壶？"她问，"要用它汲水？"

"不，给它画上一些花纹。"

"我没有空，不能浪费时间，"姑娘鄙夷地拒绝了。

却说一个忙碌的人可没有机会反对一个空闲之至的人。

每天她在井边遇到他，每天他都重新提出同样的要求，她终于让步了。

这闲人就在水壶上用稀奇古怪的色彩画出了神秘的错综复杂的线条。

姑娘拿起水壶，一边儿在手里转动，一边儿问："这画是什么意思？"

"没有什么意思，"他回答道。

姑娘把水壶带回家去。她举起水壶，放在各种不同的亮光里观看，竭力琢磨其中的奥妙。

到了夜间，她走下床来，点亮灯，从各种不同的角度审视水壶。

这是她生平第一次遇到的没有意义的事物。

第二天，这闲人又站在井旁了。

姑娘问："你要什么？"

"为你做更多的事？"

"什么事？"她问。

"请允许我用五彩的线编成一条带子，给你束住头发。"

"可有什么必要？"她问。

"倒没有什么必要，"他承认。

五彩的带子编成了，从此她在头发上要花费许多时间。

天堂里按部就班、充分利用的时间开始露出不规则的破绽来了。

长老们大伤脑筋，他们开会商议。

向导承认犯了错误，说是他把错误的人带到了错误的地方。

错误的人被传唤来了。他的头巾，色彩炫目如火焰，看一眼就明白已经铸成了大错。

长老的头领说："你必须回到人间去。"

这闲人宽慰地舒了一口气，说："我十分乐意回到人间去。"

用五彩带子束住头发的姑娘应声插嘴道："我也十分乐意到人间去！"

长老的头领第一次面临一个没有意义的局面。

三一

喜马拉雅山脉啊，你在世界的青春时代，从大地开裂的胸膛里跳将出来，把你那燃烧着的挑战，山连山地掷给了太阳。接着是成熟的时代来到了，你对你自己说，"适可而止，别再向远处延伸了！"而你那羡慕云霞自由自在的火热的心，发觉了它的限度，便凝然肃立，向无限致敬。你的激情经过了这种克制以后，美丽便自由自在地在你胸膛上游戏，信赖便怀着繁花和飞鸟的喜悦拥护在你的周围。

你坐在孤寂里像一个博览群书的学者，你的膝头上摊开着一本无数石头篇页编成的古书。请问书里写的是什么故事? ——是神圣的苦修士湿婆和爱神婆伐尼的永恒婚礼? ——是恐怖之神向脆弱之力求婚的戏剧?

新月集

家庭

我独自在穿过田野的大路上踽踽而行，夕阳正在把它最后的黄金收藏起来，像个悭吝人一般。

白昼愈来愈深地沉没到黑暗里去了；而孤苦无依的大地，地上的庄稼收割殆尽，默默无言地躺在那儿。

一个孩子的尖锐的声音突然响彻云霄。孩子横渡看不见的黑暗，把他歌声的踪迹，留在黄昏的寂静上。

他那乡村的家庭坐落在荒地尽头、甘蔗田外，藏在香蕉树和细长的槟榔树、椰子树和深绿色的木菠萝树的树影里。

我在星光下我那孤寂的路上小立片刻，看到面前伸展着黑沉沉的大地，大地正以她的双臂环抱着不计其数的家庭，这家家户户都有着孩子的摇篮和大人的眠床，母亲的心和黄昏的灯，以及全然不知其欢乐对于世界的价值的、兴高采烈的年轻的人。

开端

"我是从哪儿来的，你在哪儿把我捡来的？"婴儿问他的母亲道。

母亲把婴儿紧紧抱在怀里，又是哭又是笑地答道：

"我的心肝，你是我藏在我心里的心愿。

"你存在于我童年游戏的泥娃娃之间，每天早晨我用泥土塑我的神像，那时我就把你塑了又毁了。

"你同我们的家神一起供在神龛里，我礼拜家神时也礼拜了你。

"你曾经生活在我的一切希望和爱情里，你曾经生活在我的生命和我母亲的生命里。

"你已经在主宰我们家庭的、不灭的精灵的怀抱里养育了好几个世代了。

"我是个姑娘的时候，我的心展开了它的花瓣，而你像馥郁香气缭绕在它的周围。

"你的温柔娇嫩，像花一般地盛开在我青春焕发的四肢上，仿佛是日出前天空里的霞光。

"天堂的第一个心肝宝贝，晨曦的孪生兄弟，你在世界的生命之流里顺流而下，终于停泊在我的心头了。

"当我端详着你的时候，神秘奥妙之感把我压倒了；原是属于大家的你，竟变成是我的了。

"生怕失掉你，我把你紧紧抱在怀里。是什么魔法，使你这世界的珍宝，落到了我纤细手臂的怀抱里？"

裁判

你爱怎么说他就怎么说吧，可是我倒知道我的孩子的弱点的。

我爱他，并不因为他好，而是因为他是我的幼稚的孩子。

权衡他的优点和缺点时，你怎么会知道他有多么可爱?

当我非惩罚他不可的时候，他就变得越发是我的一部分了。

当我使他流泪的时候，我的心和他一同哭泣。

唯独我一个人有权利骂他罚他，因为只有爱他的人才能治他。

玩具

孩子，你多么快乐，整个儿早晨坐在泥土里，玩着一根折下来的树枝。

我莞尔微笑，看你玩着那折下来的小小树枝。

我忙于算账，一小时又一小时地把数字加起来，加起来。

也许你瞧我一眼，心中想道："好一个愚蠢的游戏，把你的早晨都糟蹋掉了！"

孩子，聚精会神玩树枝与泥饼的技艺，我已经忘记了。

我搜求昂贵的玩具，收集金块和银块。

你不论找到什么都可以创造出快乐的游戏，我却在我永远得不到的东西上浪费我的时间和精力。

我挣扎着驾驶脆弱的独木舟横渡欲望之海，却忘记了我也在做着游戏。

金香木花

如果我闹着玩儿，变成一朵金香木花，长在那树的高枝上，在风中笑得摇摇摆摆，在新生嫩叶上跳舞，妈妈，你认得出是我吗？

你会叫唤："孩子，你在哪儿啊？"我要暗自好笑，一声也不吭。

我要暗暗展开花瓣，看着你工作。

你洗澡之后，湿发披在两肩，穿过金香木花的阴影，走到小院子里去祈祷时，你会闻到花香芬芳，可你不知道这芳香是从我身上发出来的。

午餐之后，你坐在窗边读《罗摩衍那》①，树影落在你的头发与膝头上时，我要把我小而又小的影子投在你的书页上，就投在你正在阅读的地方。

可你会猜到这就是你的小孩子的小而又小的影子吗？

黄昏时分，你手中掌着点亮的灯，走到牛棚里去，我要突然再落到地上，重新成为你自己的孩子，求你给我讲个

_____

① 《罗摩衍那》，印度两大史诗之一，共七卷，约二万四千颂，每颂两行。我国有季羡林先生的全译本。

故事。

　　"你这顽皮孩子，你上哪儿去了？"

　　"妈妈，我才不告诉你呢。"这就是我同你要说的
话了。

小小仙境

如果人们知道了我的国王的王宫在什么地方，王宫就会消失在空气里。

宫墙是白色的银子做的，屋顶是闪光的金子做的。

王后住在有七个庭院的御苑里，她佩戴的珠宝，价值七个王国的全部财富。

不过，让我悄悄告诉你，妈妈，我的国王的王宫在什么地方。

王宫就在我们的阳台角落里，安置那盆杜尔茜花的地方。

公主躺在隔着七个不可逾越的海洋的彼岸，沉沉睡去。

除了我自己，世界上没有人能找到公主。

公主手臂上戴着手镯，耳朵上挂着珍珠耳坠，她的长发下垂，拂在地板上。

我用魔杖触动她时，她会醒过来；而她微笑时，珠宝会从她的唇边落下来。

不过，让我凑着你的耳朵悄悄告诉你，妈妈，她就在我们的阳台角落里，安置那盆杜尔茜花的地方。

你要到河边去洗澡的时候，你走到屋顶阳台上来吧。

我就坐在墙垣的影子聚首相会的那个角落里。

我只让小猫咪跟着我，因为小猫咪知道故事里的理发匠住在什么地方。

不过，让我凑着你的耳朵悄悄告诉你，妈妈，故事里的理发匠住在什么地方。

就住在我们的阳台角落里，安置那盆杜尔茜花的地方。

流放的地方

妈妈，天空里的光芒逐渐暗淡；我不知道是什么时候了。

我的游戏一点儿也不好玩，所以我到你身边来了。今天是星期六，是我和你的假日。

放下你的活计吧，妈妈；坐在靠窗的这一边，告诉我，神话里的特潘塔沙漠，究竟在什么地方。

大雨的阴影遮盖着白昼，从这头遮到那头。

凶猛的闪电正在用它的爪子抓着天空。

乌云轰响、雷声隆隆的时候，我心里害怕，我依附在你的身边，我喜欢这样。

大雨在竹叶上哗啦啦地响上好几个钟点，我家的窗子也随着阵风震得格格地响，这时候，妈妈，我喜欢单独和你一起坐在房间里，听你讲到神话里的特潘塔沙漠。

妈妈，沙漠究竟在哪儿，在什么海的海滩上，在什么山的山麓下，在什么国王的王国里?

那儿没有标明田地疆界的篱笆，也没有村民们可以在晚间走回村子去的、或者妇女们在森林里捡了枯枝可以运到市场上去的小径。特潘塔沙漠躺在那儿，沙土里只有小块的黄色枯草，只有一棵树，一对聪明的老鸟在树上作巢。

我可以想象，就在这样一个乌云满天的日子，国王的年轻的儿子，怎样的独自骑着灰色马穿过沙漠，去寻找那被囚禁在不可知的海洋彼岸巨人宫里的公主。

当蒙蒙雨雾从遥远的天空下降，电光闪射如突然发作的疼痛，他可记得他的不幸的母亲，被国王抛弃，正在打扫牛棚，擦着眼泪，当他骑马穿过神话里的特潘塔沙漠的时候？

妈妈，你瞧，白昼还没有完，天色就差不多黑了，那边儿村子里路上已经没有行人了。

牧童早已从牧场上回家来了，人们离开了耕地，坐在屋檐下的草席上，望着那苦着脸的愁云。

妈妈，我把我所有的书都放在书架上了——现在可不要叫我做功课。

等我长大了，长得跟爸爸一样大了，我会把必须学习的都学到手的。

可是，妈妈，你今天得告诉我，神话里的特潘塔沙漠在哪儿？

纸船

一天天的，我把纸船一个个的放在奔流的溪水里。

我用又大又黑的字母，在纸船上写下我的姓名和我居住的乡村。

我希望陌生的土地上有人会发现这些纸船，知道我是谁。

我从我的花园里采集了秀丽花，装在我的小船里，希望这些曙光之花会安全运达夜的国土。

我送我的纸船下水，仰望天空，我看到小小云朵正张着鼓鼓的白帆。

我不知道是天空里我的什么游伴把它们放下来同我的纸船竞赛！

夜来了，我的脸埋在手臂里，我梦见我的纸船在子夜星光下向前漂浮，漂浮。

睡眠的精灵在纸船里扬帆前进，船里载的是装满了梦的篮子。

对岸

我渴望着要到河流的对岸去，

那儿的船只排成一行，系在竹竿上，

人们在早晨乘船渡过河去，肩上扛着犁，去耕耘他们的
遥远的田地；

牧人们驱赶着哞哞鸣叫的牛群游到对面河边的牧场
上去；

黄昏时分，他们都从那儿回家来了，留下豺狼在长满野
草的岛上号叫。

妈妈，如果你不反对，我长大后要做个摆渡的船夫。

据说，在那高高的河岸背后，藏着许多奇怪的池塘，

下过雨后，便有一群群野鸭来到池上；而环绕池边密密
地长着芦苇的地方，水鸟在那儿下蛋；

舞弄着尾巴的沙锥鸟，把它们细小的足印踩在洁净的软
泥上；

黄昏时分，头顶着白花的长长茂草，邀请月光在草浪上
浮游。

妈妈，如果你不反对，我长大后要做个摆渡的船夫。

我要在河岸与河岸之间来来往往，村子里所有在河中洗澡的少男少女都会惊奇地瞧着我。

当太阳爬上中天，早晨变为正午，我要跑到你身边来，说："妈妈，我肚子饿了！"

当白昼完结、阴影在树下哆嗦，我就在暮色中回来。

我决不像爸爸那样离开你到城里去工作。

妈妈，如果你不反对，我长大后要做个摆渡的船夫。

花儿学校

雷电交作的风云在天空隆隆地响，六月的阵雨哗啦啦地倾泻而下，

潮湿的东风疾卷过荒原，到竹林里来吹它的风笛，

这时，成群的花儿便从谁也不知道的地方冒了出来，欢天喜地地在青草上跳舞。

妈妈，我真的觉得花儿们是在地下学校里上学。

它们关起校门做功课，如果它们违反校规，过早地跑出来玩儿，它们的老师就要罚它们站在墙角里。

大雨来时，花儿们便放假了。

树枝在林中磕磕碰碰的，树叶在狂风中簌簌地响，雷电交作的黑云鼓着巨掌，而花儿娃娃们便穿着粉红、鹅黄、雪白的衣裳，冲出来了。

妈妈，你可知道，花儿的家是在天上，在星星居住的地方。

你不看见花儿们急着要到天上去吗？难道你不知道它们

为什么这样急急忙忙吗？

　　当然啦，我猜得出花儿们向谁伸出了双臂：因为花儿自有花儿的妈妈，就像我有我自己的妈妈一样。

同情

如果我不是你的小孩，而只是一只小狗，亲爱的妈妈，我想吃你盘子里的食物时，你会对我说声"不"吗？

你会撵我走，对我说，"走开，你这顽皮的小狗"吗？

如果这样，那我就走了，妈妈，走了！你叫唤我时，我就决不到你身边来，决不让你再来喂我吃东西了。

如果我不是你的小孩，而只是一只绿色小鹦鹉，亲爱的妈妈，你会用链子把我缚住，生怕我飞走吗？

你会对我指指点点地说，"好一只不知感恩的鸟！它日日夜夜咬着链子"吗？

如果这样，那我就走了，妈妈，走了！我就一定逃到森林里去，我就决不让你再把我抱在怀里了。

职业

　　早晨，钟敲十下的时候，我穿过小巷上学去。

　　每天我都遇见小贩在叫卖："镯子啊，亮晶晶的镯子！"

　　他没有什么急事要办，没有什么路非走不可，没有什么地方非去不可，没有一定的时间非回家不可。

　　我但愿我也是个小贩，在街道上消磨日子，叫卖着"镯子啊，亮晶晶的镯子！"

　　下午四点，我放学回家。

　　我从房子的大门口可以望见园丁在掘地。

　　他拿着铁锹，爱怎么掘就怎么掘，尘土把衣服都弄脏了；如果他在太阳下烤或是被雨水淋湿了，也没有人责备他。

　　我但愿是个园丁，在花园里一味掘地，根本没有人阻止我。

　　晚间天色刚黑，我的母亲就送我上床睡觉。

　　从打开的窗口，我可以看见守夜的更夫走来走去，走去走来。

小巷里黑暗而冷清,路灯站在那儿,像个只生一只红眼睛的巨人。

守夜的更夫提着摇摇晃晃的灯,同他身边的影子一起走动,他生平从来不上床睡觉。

但愿我是个守夜的更夫,整夜在街上走来走去,提了灯追逐着影子。

十二点钟

妈妈，我现在真不想做功课了。我整个儿上午都在读书用功。

你说，还不过是十二点钟。就算再晚也晚不过十二点吧；难道你不能把不过十二点钟想象成午后吗？

我能轻易地想象：现在太阳已经落到了稻田边缘，老渔婆正在池塘边采撷香草作她的晚餐。

我只要一闭上眼睛，就能想象到牛角瓜树下的阴影愈来愈黑了，池塘里的水乌黑发亮。

如果十二点钟能在黑夜里来临，为什么黑夜不能在十二点钟时来临？

写作

你说爸爸写了许多书，我可不懂得他所写的东西。

他整个儿黄昏都在读书给你听，可你真的能听懂他的意思吗？

妈妈，你能讲给我们听多么美妙动听的故事！我弄不明白，为什么爸爸不能这样写书？

难道他从来没有从他自己的妈妈那儿听到过关于巨人、神仙和公主的故事吗？

他已经完全忘了吗？

爸爸时常拖拖拉拉，耽误了洗澡，你不得不上百次地催他。

你等候着，你替他把菜肴温着，可他一个劲儿写下去，忘记吃了。

爸爸始终玩着写书的游戏。

如果我闯到爸爸的房间里去玩耍，你就要来叫我，说我是"一个多么顽皮的孩子！"

如果我稍为出点儿声音，你就会说："难道你没看见你爸爸在工作吗？"

老是写呀写呀的，又有什么趣味呢？

当我拿起爸爸的钢笔或铅笔，在他的书上像他那样写字：a，b，c，d，e，f，g，h，i——那时你又为什么跟我生气，妈妈？

爸爸写字的时候，你可从来不说一句话的。

我爸爸浪费掉那么大堆大堆的纸，妈妈，你好像都满不在乎。

可是，我不过拿一张纸折了一只船，你就会说："孩子，你淘气得真够呛！"

爸爸把一张又一张的纸头，正反两面都用密密麻麻的黑色记号糟蹋掉了，你心里又怎样想呢？

恶邮差

亲爱的妈妈，告诉我，为什么你坐在那边地板上，一动也不动，一句话也不说？

雨从打开的窗口洒进来，把你全身都淋湿了，而你却毫不在意。

你可听见钟打了四下？该是我哥哥放学回来的时候了。

你的神色这么异乎寻常，究竟发生了什么事啊？

今天你没接到爸爸的来信？

我看见邮差的邮袋里装着许多信，几乎给镇上每个人都送了信去。

只有爸爸写来的信，邮差都留着给他自己看了。我确信这邮差是个恶人。

可是，亲爱的妈妈，你不要因此不开心。

明天是邻村市集的日子。你叫女仆去买笔和纸来。

我亲自来写爸爸的一切家信；管保你找不出一个写错的地方。

我要从 A 字一直写到 K 字。

可是，妈妈，你为什么笑呢？

你不相信我会写得同爸爸一样好？

不过，我会仔细用尺划好线，然后把所有的字母写得又美又大。

我写好了，你以为我会像爸爸那样傻，把信投到那可怕的邮差的邮袋里去吗？

我会立刻亲自给你送去，而且一个字母又一个字母地帮助你读我写的字。

我知道，那邮差是不肯把真正的好信送给你的。

结局

该是我走的时候了，妈妈；我走了。

你在寂寞黎明的薄暗中伸出手去抱你床上的孩子时，我要告诉你，"孩子不在了！"——妈妈，我走了。

我要变成一缕轻风抚摸你；你沐浴时我要变成水里的涟漪，我要再三地亲你吻你。

大风之夜，雨点潺潺地落在叶子上，这时你会听见我在你床上喁喁细语；而我的笑声，会随着闪电从打开的窗口闪进你的房间。

如果你躺在床上睡不着，想念你的孩子直至深夜，我要从繁星上给你唱歌："睡吧，妈妈，睡吧。"

我要乘明月的游光，偷偷地来到你的床上，在你沉沉入睡时躺在你的胸膛上。

我要变成一个梦，穿过你眼皮的细缝，溜到你的睡眠深处；当你醒过来，吃惊地向四周张望时，我就像闪烁明灭的萤火虫一样飞到外边儿黑暗中去。

逢到盛大的"难近母祭日"，邻家的孩子都来屋子附近玩耍时，我要融化在笛声里，整天在你心头起伏动荡。

亲爱的姨母带着节日礼物来访，会问你："姐姐，咱们的孩子在哪儿？"妈妈，你会柔声细气地告诉她："他在我的瞳人里，他在我的身体里和灵魂里。"

第一次手捧素馨花

啊，这些素馨花，这些白色素馨花！

我仿佛还记得我第一天双手捧满这些素馨花，这些白色素馨花的景象。

我爱阳光，爱天空和苍翠大地。

我听见河流在子夜黑暗里汩汩流动的声音；

秋天的夕阳，在寂寥荒原上大路转弯处迎我，像新娘撩起面纱迎接她的新郎。

然而，我是个孩子时第一次捧在手里的白色素馨花，回忆起来依旧是甜蜜的。

我生平有过许多快乐的日子，节日之夜我曾同逗乐的人一起哈哈大笑。

雨天灰暗的早晨，我曾低吟过许多闲适的诗歌。

我颈子上还戴过情人亲手用醉花编织的黄昏花环。

然而，回忆起我是个孩子时第一次双手捧满新鲜的素馨花，我的心里依旧是感觉甜蜜的。

榕树

啊，你挺立在池塘边的蓬头散发的榕树，你可忘了那小小的孩子，像小鸟一样在你树枝上筑巢而又离开了你的那个孩子？

你可记得他坐在窗边，对你深入地下的纠结错杂的树根感到诧异？

妇女们常到池边来汲水满罐，你的大黑影便在水面上蠕蠕而动，仿佛睡眠挣扎着要醒过来似的。

阳光在涟漪上闪烁跳动，仿佛不息的小梭子在织着金色的挂毯。

两只鸭子在长着芦苇的池边游泳，游在它们自己的影子上，而那孩子静静地坐着遐想。

孩子想成为风，吹过你簌簌的树枝；想成为你的影子，在水面上随着白昼的流光而逐渐伸长；想成为鸟儿，栖息在你的最高枝上；还想同那些鸭子一样，在芦苇与阴影之间浮游。

礼物

我要送点东西给你，我的孩子，因为我们都是漂泊在世界的流水之中的。

我们的生命将被分开，我们的爱将被忘记。

然而我倒没有那么傻，竟指望用礼物来买你的心。

你的生命正年轻，你的道路是漫长的，你一口气饮下我们带给你的爱，便转过身去，离开我们跑掉了。

你有你的游戏和你的游伴。如果你无暇同我们在一起，如果你想不到我们，那又何妨！

我们在老年时，确实有足够的闲暇，去计算过去的日子，把手中永远失去的东西，在心里珍爱着。

河流冲破一切堤防，歌唱着迅速流去了。然而山峰留了下来，念念不忘，深情地追忆着。

我的歌

我这歌将以它的音乐萦绕你，我的孩子，犹如深情热爱的双臂。

我这歌将爱抚你的额头，犹如祝福的吻。

你独自一人时，它将坐在你的身旁，在你耳边低语；你在人群之中时，它将像篱笆似的围着你，使你超然绝俗。

我的歌将替你的梦添上翅膀，把你的心载运到未知境界的边缘。

黑夜笼罩你的道路时，它将如忠实的明星在你头上照耀。

我的歌将坐在你眼睛的瞳人里，使你的目光渗透到万物的内心里。

当我人亡声绝的时候，我的歌将在你生机勃勃的心里说话。

飞鸟集

一

夏天的离群飘泊的飞鸟，飞到我的窗前鸣啭歌唱，一会儿又飞走了。

而秋天的黄叶无歌可唱，飘飘零零，叹息一声，落在窗前了。

四

大地的泪水，使她的微笑永不凋谢地开花。

八

她那有所思慕的脸，犹如夜间的雨，萦回在我的梦境里。

九

我们一度梦见彼此是陌路人。
醒来时发现我们是相亲相爱的。

二五

人是个天生的孩子，人的力量是生长壮大的力量。

三六

瀑布唱道："我找到了自由时，也就找到了歌。"

四二

你微笑，对我默默无言，可我觉得，我为此情此境，已
经等待很长久了。

四五

他把他的武器当作神明。

他的武器胜利时，他自己也就失败了。

四六

上帝在创造中发现他自己。

五五

我的白昼已经完了，我像是一只拖到了海滩上的小船，静听着黄昏涨潮的舞乐。

七二

这蒙着雾和雨的茕独的黄昏，我在我心的孤寂里，感觉到了它的叹息。

七四

雾，像爱情一样，在山峦的心上游戏，创造出了种种惊人的美丽。

八三

想行善的，叩门；而爱人的，看见门敞开着哩。

八五

艺术家是自然的情人，因而艺术家既是自然的奴隶，又是自然的主人。

一〇四

遥远的夏季的音乐，余音缭绕着秋季，在寻访它的旧巢。

一〇六

无名的日子的感触，我至今耿耿于怀，正如苍苔粘附在老树的周身。

一一二

太阳穿朴素的光明之袍。彩云衣饰华丽。

一二〇

黑夜，我感觉到你的美了，你美如一个可爱的妇人，当她把灯灭了的时候。

一二二

亲爱的朋友，多少个暮色深沉的黄昏里，我在这个海滩上谛听着海涛澎湃的时候，我感受到了你那伟大思想的沉默。

一二六

使卵石臻于完美的，并非锤的打击，而是水的且歌且舞。

一三〇

如果你把所有的错误都关在门外，那么，真理也要被排斥了。

一三九

时间是变化的财富，然而时钟拙劣的模仿，却只有变化而毫无财富。

一五〇

我的思想随着闪烁的绿叶而闪烁，我的心随着阳光的爱抚而歌唱，我的生命乐于随同万物浮游于空间的蔚蓝里，时间的墨黑里。

一五六

伟大的，不怕与弱小的同行。
中庸的，却远而避之。

一七六

杯中的水闪闪生光，海里的水是黑沉沉的。
小道理可用文字说清楚；大道理却只有伟大的沉默。

一八一

我的白昼之花落下了它那被人遗忘的花瓣。

这花在黄昏里便成熟为一颗记忆的金果。

一八三

在我看来，黄昏的天空，好比一扇窗子，一盏点亮的灯，灯下的一次等待。

一九八

蟋蟀唧唧，夜雨潇潇，透过黑暗传到我的耳边，仿佛我那逝去的青春，衣衫绽缕有声地来到我的梦里。

二〇〇

燃烧着的原木，爆发出火焰，大声叫道："这是我的花朵，我的死亡。"

二〇二

河岸对河流说："我无法留住你的波涛，
让我把你的足印留在我的心上吧。"

二一四

我们的欲望，把长虹绚烂的色彩，借给了只不过是云雾
的人生。

二二四

我的朋友，你的心随着东方日出而放射光芒，正如晨光
里孤寂山岭的积雪峰巅。

二四〇

爆竹啊，你对繁星的侮辱，跟着你回到了地上。

二四三

川流不息的真理，通过错误的沟渠，奔涌而出。

二四九

乌云受到阳光的亲吻，便变成天上的鲜花。

二五五

我的心啊，从世界的运动中探索你的美吧，正如小舟之美，得之于风与水的激荡。

二六六

我的情人，我不要求你进我的屋子，
你到我的无穷孤寂里来吧。

二六七

死亡之隶属于生命，正如诞生一样。

走路之需要举足，正如需要落足一样。

二六九

黑夜之花开得迟了，当晨光吻她的时候，她浑身战栗，唏嘘叹息，终于萎落在地上了。

二七二

当我离去的时候，让我的思想来到你的身边，正如那夕阳的余辉，映在寂静星空的边缘。

二七九

让死者有不朽的名誉，生者有不朽的爱情。

二八〇

上帝啊，我看见了你，就像似醒非醒的孩子，在黎明的薄暗里看见了他的母亲，于是微微一笑又睡去了。

二八三

爱便是充实圆满的生命，正如斟满了酒的杯子。

二九一

从往昔的日子里飘浮到我生活里来的云层，再也不降下雨点或引起风暴了，却给我那夕阳返照的天空添上了色彩。

二九九

上帝等待着人在智慧里重新获得他的童年。

三〇一

您的阳光对我心头的冬日微笑，从不怀疑这心的春华。

三〇八

今夜，棕榈叶子哗啦啦地响，海上涌起大波大浪，仿佛世界在心悸心颤。月亮啊，你从什么不可知的天空里，默默无言地带来了爱情的痛苦秘密呢？

三〇九

我梦见一颗星，一个光明之岛，我将在那儿出生，在它那生气勃勃的闲暇深处，我生命的事业将臻于成熟，仿佛秋天阳光下的稻田。

三一六

人类的历史，耐心地等待着被侮辱者的胜利。

三一七

此刻我感到你的凝视落在我的心上，仿佛早晨阳光灿烂的沉默，落在已经收割过的孤寂的田地上。

三二〇

我攀登高峰，发现名誉的高处荒凉贫瘠，找不到栖身之所。我的向导啊，趁着光明尚未消失，领我进入安静的山谷，让一生的收获在山谷里成熟，化为黄金般的智慧。

采果集

一

吩咐我，我就采集果实，一筐筐装得满满的，送到你的院子里，尽管有的失落了，有的尚未成熟。

由于丰收，季节不胜重负，而绿荫里有凄婉的牧笛声。

吩咐我，我就在河上启碇扬帆。

三月的风是暴躁的，把懒洋洋的水波激荡得潺潺有声。

花园已经献出它的一切果实，在黄昏倦怠的时刻里，从夕阳西下的岸边，从你那所房子里，又传来了呼唤的声音。

二

年轻的时候，我的生命像一朵花——这朵花在和煦春风来到她门口乞求时，从她的丰盛里施舍一二片花瓣，也从不感到什么损失。

如今青春已逝，我的生命像一颗果实，已无他物可施可舍，只等着把果实本身及其所负荷的充盈的甜蜜，完全供献出来。

四

我醒来，发现他的信与清晨俱来。

我不知道信里说什么，因为我不识字。

且让聪明人径自去读他的书，我不想麻烦他，因为谁知道他能否看懂信里的话。

让我把信举到额上，按在心头。

夜阑人静，繁星一颗颗出现时，我要把信摊在膝上，悄然独坐。

绿叶萧萧，会替我朗诵这信，流水汩汩，会替我吟咏这信，而智慧七星会在天空里替我歌唱这信。

我找不到我寻觅的，我不理解我要学习的，可这封未读的信减轻了我的负担，而且把我的思想转化成了歌曲。

六

在铺设道路的地方，我迷了路。

在浩淼大水上，在瓦蓝天空里，没有一丝儿路径的迹象。

路径被众鸟的翅膀、天上的星火、四季流转的繁花遮掩了。

于是我问我的心，它的血液里可有智慧能发现那看不见的道路。

十五

你讲的话朴实无华，我的主啊，可那些讲起你的人，他们的话并不如此。

我懂得你的繁星的话语，懂得你的树林的沉默。

我知道我的心会像一朵花儿似的盛开；知道我的生命已经在隐秘的泉水边充实了它自己。

你的歌曲，仿佛来自寂寥雪原的飞鸟，要飞到我心头筑巢，以迎迓四月的温暖，而我也满足于等待那欢乐的季节。

十八

不，催蓓蕾开花，你可办不到。

摇撼蓓蕾也好，敲打蓓蕾也好，催它开花你可无能为力。

你的抚摸玷污了它，你撕碎它的花瓣，把它们撒在尘土里。

然而，没有色彩，也没有芳香。

啊！催蓓蕾开花，你可办不到。

他能催蓓蕾开花，他轻而易举。

他看它一眼，生命之液便在它血管里流动。

他吹一口气，花儿便展翅随风飞舞。

色彩纷呈，如内心的渴望，芳香又透露了甜蜜的秘密。

他能催蓓蕾开花，他轻而易举。

二一

总有一天，我会遇见我内心的生命，会遇见藏在我生命中的欢乐，尽管岁月以其闲散的尘埃迷糊了我的道路。

我曾在它隐约闪现时认识它，它的气息一阵阵地袭来，使我的思想芳香片刻。

总有一天，我会遇见那留在光明屏幕后面的、无我的欢乐——我会伫立在横溢欲流的寂寞之中，在那儿，世界万物一目了然，犹如造物主看到的一样。

二七

萨那坦在恒河之滨数着念珠祈祷，一个衣衫褴褛的婆罗门来到他面前，说："我穷苦极了，你行行好吧！"

"化缘的碗是我的全部财产，"萨那坦说，"我已经把我所有的一切都施舍出去了。"

"可是湿婆大神给我托梦，"婆罗门说，"教我来求你。"

萨那坦突然记起，他在河滩上卵石堆里捡到过一粒无价宝石，想到也许有人需要它，便把它埋藏在沙土里。

萨那坦给婆罗门指出了地点，婆罗门心中诧异，把宝石挖了出来。

婆罗门坐在地上，独自沉思默想，直至太阳落到树木背后，牧童赶着牛群回家。

于是婆罗门站起身来，缓缓地向萨那坦走去，说道："大师父，给我那么一点儿鄙夷世间一切财富的财富吧。"

他说罢就把那珍贵的宝石扔到水里去了。

三一

舍卫城饥荒严重，释迦牟尼问他的信徒：

"你们中间有谁愿意承担赈济饥民的责任？"

银行家拉特那卡尔垂首答道："赈济饥民所需的费用，我倾家荡产也远远不够。"

国王的军队司令詹森说："我甘愿流血牺牲，然而我自己家里粮食也不够吃的。"

广有良田的达马帕尔长叹一声，说道："旱魃已经把我的田地吮干了。我还不知道怎样向国王缴纳田赋哩。"

于是托钵僧的女儿苏普里雅站了起来。

她向大家鞠躬施礼，温顺地说道："我愿意赈济饥民。"

"啊！"他们惊讶地叫了起来。"你能指望怎样实现你的誓言呢？"

"同你们相比，我是最穷的，"苏普里雅说道，"那正是我的力量所在。我的金库和粮仓就在你们每个人的家里。"

三三

当我想给你塑造一个脱胎于我的生活的形象，让世人膜拜的时候，我带来了我的尘土和欲望，以及我的色彩缤纷的幻想和梦。

当我要求你用我的生活塑造一个酝酿于你的内心的形象，让你去热爱的时候，你带来了你的火与力，以及真理、美丽与和平。

三四

"陛下，"臣仆向国王禀报道："圣徒那卢达摩从未屈尊进入皇家神庙。

"他在大路旁树荫下唱着颂神的歌。神庙里空空如也，没有礼拜的人。

"人们成群地围在他身边，像蜜蜂围着白莲花，满不在乎地丢下了盛蜜的金樽。"

国王心中恼火，走到那卢达摩坐在青草上的地方。

国王问他："师父，为什么你离开我的金顶神庙，坐在外边儿尘土里宣讲神的爱？"

"因为神不在你的神庙里，"那卢达摩说。

国王皱着眉头说道："你可知道，修建这座艺术奇迹花了两千万金币，还耗费巨资举行了奉献典礼？"

"是的，我知道的，"那卢达摩答道，"就在那一年，成千上万的老百姓，家里的房子被烧毁了，他们站在你门口求你帮助，而你不为所动。

"于是神说：'好一个可怜可哀的东西，他不能给他的兄弟栖身之所，倒为我修建庙宇！'

"于是神和无家可归的人民一起待在大路旁树荫下。

"而那金庙里，除了骄傲的热气，空荡荡的，一无所有。"

国王怒气冲冲地喝道："滚出我的国境去。"

圣徒镇静地说道："好吧，从你放逐过神的地方把我放逐出去吧。"

三七

释迦牟尼的弟子乌帕古普塔偃卧在马图拉城墙边的尘土上。

家家户户的灯都灭了，门都关上了，繁星都隐没在八月阴暗的天空里了。

是谁的脚镯丁当的纤足，突然之间碰到了他的胸膛？

他惊醒了，一个妇人掌着灯，灯光照耀着他宽容的眼睛。

原来是个舞女，珠光宝气如繁星闪烁，淡蓝衣裳如轻云缭绕，正沉醉于青春焕发的美酒哩。

她把灯儿向下移动，看见了他年轻的脸：好不庄严美丽。

"原谅我，年轻的苦修者，"妇人说道，"请光临寒舍吧，尽是尘埃的土地，可不是适宜于你睡觉的地方。"

苦修者答道，"妇人，不用费心了，你径自走吧；时机成熟，我自会去找你的。"

突然，闪电一亮，黑夜露出了牙齿。

暴风雨在天空一角咆哮，妇人害怕得发抖。

× × ×

道旁树木繁花满枝，不胜重负。

在温暖的春天的空气里，从远方飘来了欢乐的笛声。

城里人到森林里去欢度百花节。

圆月在中天凝望着寂静城市的黑影。

年轻的苦修者在冷冷清清的街上踯躅，而头上是害相思病的杜鹃在芒果树的枝头倾诉失眠的烦恼。

乌帕古普塔穿过城门，站在护城堤下。

那患着黑死病、遍体斑疮、被匆匆赶出城外、而今倒卧在他脚下城墙阴影里的妇人是谁呢？

苦修者坐在她身边，让她的头枕在他膝上，用水浸润她的嘴唇，替她浑身涂上香膏。

"慈悲的人，你是谁啊？"那妇人问道。

"看望你的时候终于来临了，所以我到你身边来了，"年轻的苦修者答道。

四三

国王频比萨尔为释迦的舍利修建了一座佛龛，一份以白色大理石表达的敬意。

黄昏时分，王室所有的新娘和姑娘都来奉献鲜花，点亮灯火。

王子成为国王以后，用鲜血荡涤了父王的信仰，用神圣的佛经点燃起献祭的火光。

秋日将尽。

黄昏礼拜的时辰近了。

侍奉王后的宫女稀丽玛蒂,虔诚信奉释迦的信女,在圣水里沐过浴,在金盘里摆上明灯和洁白鲜花,默默地抬起她黑色的眸子,仰望着王后的脸。

王后悚然战栗,说道:"傻丫头,难道你不知道,凡是去佛龛礼拜奉献的,不论是谁,一律处死?

"这可是国王的圣旨。"

稀丽玛蒂向王后鞠躬施礼,转身离开王后的房门,走过来站在艾米塔——王子的新婚妻子——面前。

膝上放着一面锃亮的金镜,新嫁娘正编着她又黑又长的辫子,并且在头发分开的地方点上吉祥的朱砂。

她看见这年轻宫女的时候,双手发抖,大声喊道:"你会给我带来多么可怕的危险!你替我马上走开!"

公主苏克拉坐在窗边,正就着夕阳的光辉读她的传奇故事。

看见宫女捧着供品站在门口,她吓得跳了起来。

她的书从膝上掉了下来,她凑在稀丽玛蒂的耳朵上低声说道:"大胆的丫头,别赶去送死!"

稀丽玛蒂挨门挨户地走过去。

她昂首喊道："王室的妇女们，赶快呀！

我们礼拜释迦的时候到了！"

有人当着她的面关上房门，有人痛骂她。

白昼的最后一道余辉，从王宫塔楼的紫铜圆顶上消失了。

深沉的阴影栖息在街道角落里：城市的喧嚣沉寂了，湿婆神庙里的钟声，宣告晚祷的时刻来临了。

秋天黄昏的幽暗，深沉如平静的湖，繁星在其间闪烁悸动，这时候，御花园的卫兵，透过树木，惊讶地看见佛龛前亮起一行灯光。

卫兵拔剑出鞘，一面飞跑一面叫喊："你是谁，愚蠢的东西，你不怕死吗？"

"我是稀丽玛蒂，"她柔声答道，"释迦的仆人。"

紧接着，她心头的热血，溅红了冰冷的大理石。

于是，在繁星的岑寂无声里，佛龛前最后一盏礼拜的灯，熄灭了。

五三

我的眼睛和四肢曾抱吻这个世界，我曾密密层层地把它包起来藏在我的心里；我曾以我的思想激荡它的日日夜夜，直至这个世界和我的生命合为一体，——而我爱我的生命，是因为我爱那与我交织在一起的天空的光明。

如果离开这个世界如同爱这个世界一样真实——那么，人生的离合聚散一定大有意义。

如果爱受到死亡的欺骗，那么，这种欺骗的顽症就会腐蚀万物，繁星亦将萎缩而趋于黯淡无光。

五四

云对我说："我消失了；"夜说："我投进了火红的曙光。"

痛苦说："我保持深沉的缄默，一如足印。"

"我在圆满中死去，"我的生命对我说。

大地对我说："我的光明时时刻刻都在亲吻你的思想。"

"岁月流逝，"爱情说，"然而我一直等着你。"

死亡说："我驾着你的生命之船渡过海去。"

五五

诗人杜尔西达斯在恒河之滨寂寞的火葬场上沉思踯躅。

他看到一个妇人坐在她亡故的丈夫的脚旁，衣饰华丽，仿佛要去参加婚礼。

她看见他时，便站起来施礼，说道："大师，请允许我带着你的祝福跟随先夫进入天堂。"

"为什么这样急急忙忙呢，我的女儿？"杜尔西达斯问道，"这人间岂不也是属于创造天堂的上帝的吗？"

"我不想望天堂，"妇人说道，"我要我的丈夫。"

杜尔西达斯微笑着对她说："回到你家里去吧，我的孩子。不出这个月，你就会找到你的丈夫的。"

妇人怀着快乐的希望回家去了。杜尔西达斯每天去看她，教给她崇高的思想，让她思索体会，直到她心里充满了神圣的爱。

一月未尽，她的邻居来看望她，问道："妇人，你可找到了你的丈夫？"

寡妇微笑答道："我找到了。"

邻居们忙问："他在哪儿？"

"我的丈夫在我心里，同我成为一体。"妇人说。

六二

"太阳啊，除了天空，还有什么能拥抱你的形象？

"我梦见你，可我不能指望为你效劳，"露珠呜呜咽咽地说道，"伟大的主啊，我那么渺小，无从拥抱你，我的生命全是泪珠。"

"我照亮无垠的天空，然而我也能倾心于一粒小小的露珠，"太阳这样说道，"我要化作一缕闪烁的光芒去充实你，而你小小的生命便会成为一个欢笑的星球。"

六三

我不要漫无节制的爱，它不过像冒着泡沫的酒，转瞬之间就会从杯中溢出，徒然流失。

请赐我以这样的爱，它清凉纯净，像你的雨，造福干渴的大地，注满家用的陶罐。

请赐我以这样的爱，它渗透到生命的核心深处，由此蔓延开来，仿佛看不见的树液，流遍生命之树的丫枝，使它开花结果。

请赐我以这样的爱，它使我的心因充满和平而常保
安宁。

六四

太阳沉落在河流西岸枝条虬结的森林里了。

隐修的孩子们放牧归来，围坐在篝火边静听高塔马大师
讲经；这时来了一个陌生的孩子，向大师献上水果和鲜花，
一躬到地，直到他的足下，他用小鸟啁啾般的声音说道：
"大师啊，我上您这儿来，求您带领我走上那至高无上的真
理之路。

"我的名字叫萨蒂雅卡马。"

"愿神赐福于你，"大师说。

"我的孩子，你属于哪个家族？只有婆罗门才配追求至
高无上的智慧。"

"大师，"孩子答道，"我不知道我属于什么家族。我要
回家问我的母亲。"

萨蒂雅卡马说罢便告辞大师，蹚过浅浅溪流，回到他母亲的茅屋前。茅屋坐落在荒凉沙滩的尽头，沉沉入睡的村子边上。

房间里灯火昏暗，母亲站在门口黑暗中等待儿子归来。

她把儿子搂在怀里，吻他的头发，问他去见大师的结果。

"亲爱的妈妈，我的爸爸叫什么名字？"孩子问道。

"高塔马大师对我说，只有婆罗门才配追求至高无上的智慧。"

妇人垂下眼睛，低声说道。

"我年轻的时候很穷，侍候过许多老爷。我的宝贝，你确实来到你的妈妈贾宝莱的怀抱里，可我没有丈夫。"

朝辉在净修林的树梢上熠熠生光。

弟子们坐在古老的树木下，面对着大师；他们刚沐过晨浴，蓬乱的头发还是潮湿的。

萨蒂雅卡马来了。

他一躬到地，直到圣人的足下；然后，他默默伫立。

"告诉我，"伟大导师问他，"你属于哪个家族？"

"我的大师，"孩子答道，"我不知道。我问我妈妈时，她说：'我年轻的时候侍候过许多老爷，你确实来到你的妈妈贾宝莱的怀抱里，可我没有丈夫。'"

人群里响起一阵窃窃私语，仿佛蜂房受到骚扰时蜜蜂发出的嗡嗡愤怒声；弟子们对这贱民无耻的傲慢啧有烦言。

高塔马大师从座位上站起身来，伸出双手把孩子揽在怀里，说道："我的孩子，你是婆罗门中最高贵的。你继承了忠诚老实这一最崇高的传统。"

六九

你藏在我的心儿中央，因此，我的心儿在外浪游的时候，她从来没有找到你；你自始至终躲开了我的爱情和希望，因为你始终在爱情和希望里。

你是我青春的游戏里在内心藏得最深的欢乐，我过分孜孜于游戏，倒反而放过了欢乐。

在我生命喜极欲狂的时刻，你向我唱歌，而我却忘了向你唱歌。

七〇

你把灯举在空中，灯光照在我的脸上，阴影落在你的身上。

我把爱情之灯擎在我的心里，灯光照在你的身上，我却被抛在后面阴影里站着。

七三

春天携带着绿叶和繁花进入我的躯体。

整个早晨蜜蜂始终在那儿嗡嗡低鸣，而轻风悠闲地和树影游戏。

一股甘美的泉水从我心中之心里喷涌而出。

我的双眼受到喜悦的冲洗，犹如沐浴在露水里的清晨，我的生命在我的四肢里颤动，犹如琵琶鸣奏的琴弦。

我的无穷岁月的情人啊，你正在我生命的岸边独自踯躅？岸边正在涨潮啊。

我的梦是否像两翼色彩绚烂的飞蛾，正绕着你飞行？

那些在我生命的黑暗洞穴里回响着的，可是你的歌声？

除了你，还有谁能听见今天我血管里繁忙时刻的嗡嗡声，我胸臆里欢乐的舞步声，我身体里永不静止的生命的轰然鼓翼的声音？

八六

感 恩

走在傲慢道路上的人们，把微贱的生命践踏在他们的脚下，他们沾着鲜血的脚印踏遍了大地的嫩翠新绿。

让他们高兴吧；感谢你，主啊，因为胜利是属于他们的。

然而，我是满怀感激之情的，因为我与卑贱者共命运，他们吃苦受难，负荷权势的压榨，在黑暗中掩面饮泣。

他们的每一阵剧痛，都在你黑夜的隐秘深处震颤，他们每次受到的侮辱，都汇入你伟大的沉默。

而明天是属于他们的。

啊，太阳，从流血的颗颗红心上升起来吧，流血的心正开放出黎明的花朵，而傲慢的狂欢火炬已化为灰烬。

吉檀迦利

序

　　几天以前，我同一位著名的孟加拉医学博士说："我不懂德语，然而，如果有个德国诗人的英语译本感动了我，我会到不列颠博物馆去，找些用英语写的、讲述这个诗人生平事迹以及思想发展的书。尽管罗宾德拉纳特·泰戈尔的这些诗歌的散文译本使我心潮起伏，多年来还没有什么作品这样打动过我，然而，若不是印度的旅行者告诉我，我对于泰戈尔的生平，以及使这种作品可能产生的思想运动，就什么也不知道了。"在孟加拉医学博士看来，我之受到感动，原是理所当然的事，因为他说道："我天天都读罗宾德拉纳特，读一行他的诗就可以忘却人世间的一切烦恼。"我说："一个生在理查二世王朝、住在伦敦的英国人，如果他见得到彼得拉克或但丁的英语译本，却找不到解答他的问题的书籍，他倒可以询问佛罗伦萨的银行家或伦巴第的商人，就像我问你一样。就我所知，泰戈尔的诗歌是那么丰富多彩而又那么单纯，新的文艺复兴已在你们的国家里诞生，可惜今后除了道听途说，我却无从了解了。"他答道："我们还有其他诗人，然而无人可以和他并驾齐驱；我们把这称之为罗宾德拉纳特时代。在我看来，你们没有一个诗人在欧洲像泰戈尔在印度那样著名。他在音乐方面和在诗歌方面同样了不起；他创作的歌，从印度的西部一直流传到缅甸讲孟加拉语的任何地方。他十九岁写下他的第一部长篇小说，那时就已经出名了；稍微长大一点儿时写的戏剧，现在依旧在加尔各答上演。我十分钦佩他一生十全十美；他年纪很轻时写了许多描绘自然景物的作品，他会整天坐在花园里；从二十五岁左右到三十五岁光景，他心中怀着极大的哀伤，写下了我们的语言中最美丽的爱情诗。"孟加拉医学博士接着又深情地说道："我十七岁时对泰戈尔爱情诗的感谢之情，实非言语所能表达。此后他的艺术愈来愈深刻，变得富有宗教和哲学意味了；人类的一切向往憧憬，都是他歌咏的题材。他是我们的圣人中间第一个不厌弃生存的，他倒是从人生本身出发来说话的，那就是我们所以敬爱他的缘故。"我也许对他那字斟句酌的话记忆得不太确切，但我并没有改变他的原意。"一会儿以前，泰戈尔在我们的一个教堂里诵经礼拜——我们用你们英语中的'教堂'两字称呼我们梵天的庙宇——这是加尔各答最大的庙宇，不仅庙里挤满了人，人甚至站到了窗台上，而且街道都因为人山人海而几乎水泄不通了。"

别的印度人来看我，他们对泰戈尔这人的尊敬，在我们的世界里听起来，真是奇哉怪也；我们这儿，把伟大和渺小的事物，都隐藏在同一块面纱之下，都隐藏在明显的玩笑和半认真的贬损的背后。我们在建筑大教堂的时候，对于我们的伟大人物，我们可怀着同样的尊敬？"每天早晨三点钟——我知道，因为我亲眼目睹过"——有个印度人对我说，"泰戈尔一动不动地静坐默想，就神性沉思了两个钟头之久，方始醒了过来。他的父亲摩诃·里希①，有时候竟静坐上整整一天；有一次，航行在一条河上，他因为景色美丽而陷入了沉思默想，划船的人等候了八个钟头才得以继续航行。"接着，他便给我讲泰戈尔先生的家族，讲怎样一代又一代的出了伟人。他说："现在就有哥贡能德拉纳和阿巴宁德拉纳，他们都是艺术家；而德威津德拉纳是罗宾德拉纳特的哥哥，他可是个大哲学家。松鼠从树枝上下来，爬到他的膝上，而小鸟栖息在他的手里。"我注意到这些印度人的思想里自有一种对肉眼看得见的美和意义的感受力，仿佛他们都信奉尼采的学说，即，我们千万别相信道德美或理智美，这两者是迟早都不会在有形可见的事物上铭刻下印记的。我说："在东方，你们懂得怎样使一个家族保持声誉。前些日子，一个博物馆馆长指给我看一个正在整理中文版本书的黑皮肤小个儿，说道：'那一位是米卡杜家世代相传的鉴赏

①摩诃·里希对吠陀和奥义书很有研究，是哲学家和宗教改革者。

家，他是他们家族中担任这个职位的第十四代了。'"他回答道："罗宾德拉纳特是个孩子的时候，他家里上下左右都是文学和音乐。"我想起了泰戈尔的诗歌既丰富多彩又极为单纯，说道："在你们的国家里，可有大量的宣传文字，大量的批评？我们不得不大搞而特搞，特别是在我自己的国家里，结果是我们的头脑逐渐逐渐缺乏创造性了，然而我们无可奈何。如果我们的生活不是一个不断的战争状态，我们就不会有艺术趣味，我们就不知道什么是好的，我们就找不到听众或读者。我们五分之四的精力，都花在同不良趣味的争论上了，不论是同我们自己脑子里的还是同别人脑子里的不良趣味争论。""我理解的，"他答道，"我们也有我们的宣传文字。人们在乡村里朗诵神话长诗，那是根据中世纪的梵文改编的，他们往往在中间穿插些段落，教训世人必须尽到他们的责任。"

这些诗歌的译稿，我带在身边好几天，我在火车里读它，在公共汽车上或餐馆里读它，我时常不得不把原稿合上，免得陌生人看到我是多么被它所感动。这些抒情诗——据我的印度朋友告诉我，孟加拉文的原作充满了微妙的韵律、不可翻译的轻柔的色彩以及创新的格律——以其思想展示了一个我生平梦想已久的世界。一个高度文化的艺术作品，然而又显得极像是普通土壤中生长出来的植物，仿佛青草或灯心草一般。一个诗和宗教同为一体的传统，一个世纪又一个世纪地传下来，从有学问和没有学问的人们那儿采集了比喻和情绪，把学者和贵人的思想，重新带给群众。如果孟加拉文化毫不间断地保存下来，如果那普通的心灵——像人们揣度的那样——流贯众生，而不是像我们这样分裂成十多个彼此毫无了解的心灵，那么，泰戈尔的这些诗歌中的哪怕是最微妙之处，几代以后，也会流传到道旁乞丐那儿。当英国只有一个心灵的时候，乔叟写下了《特罗勒斯和克丽西达》，虽然他是写出来给人阅读或朗读的——因为我们的时代迅速到来——游唱诗人歌唱他的诗篇为期甚短。罗宾德拉纳特·泰戈尔，像乔叟的先驱者们一样，也为他的诗篇作曲配乐，人们时时刻刻都明白，泰戈尔是那么丰富多彩，那么自然流露，那么热情奔放，那么出人意表，因为他是在做着他自己从不感到奇怪、不自然或需要辩护的事。这些诗篇不会装订成印刷精美的小书躺在贵夫人的桌子上；她们用慵倦的手翻着书页，这样就能对毫无意义的一生唏嘘叹息，其实，她们对人生所能了解的，不过如此而已。这些诗篇也不会被大学生带来带去，及至人生的工作开始，便把它们丢在一边。然而，一代代过去，旅人们仍将在大路上吟咏这些诗篇，划船的人们仍将在河上吟咏这些诗篇。情人们在互相等待的时候，低吟这些诗篇，就会发觉这种对神的爱是个魔法的海湾，他们自己的更为痛苦的热情，可以在其中沐浴而重新焕发青春。这位诗人的心，时时刻刻向这些人涌去，毫无自贬身价、折节下交之意，因为他的心深知他们会懂得的，而且他们的生活境况也已经充满了他的心。旅人穿着红棕色衣服，以求蒙上尘土也不会显眼；姑娘在她床上寻找着从她那皇家情人的花冠上落下的花瓣；仆人或新娘在空空如也的屋子里等待着主人回家：凡此都是仰慕着神的那颗心的形象。花朵和河流，呜呜吹响的海螺，印度七月里的滂沱大雨，或者是灼人的炎热：凡此都是那颗心在结合或分离之际的情绪的形象。而一个泛舟河上弹奏诗琴的人，就像中国水墨画里那些充满神秘意义的人物一般，就是上帝自身。我们感到无限新奇的一个完整的民族，一个完整的文化，似乎渗透了这份想象力；然而我们之受感动，并非由于它的新奇，倒是因为我们遇到了我们自己的形象，仿佛我们在罗塞蒂的柳林里散步一般，或者，也许是第一次在文学作品里听到了我们自己的声音，仿佛在梦里一般。

自从文艺复兴以来，欧洲圣人们的著作——尽管熟悉他们的比喻和一般思想结构——对我们已经没有吸引力了。我们知道我们最后必须舍弃尘世，而我们又习惯于在厌倦或昂扬的瞬间考虑自愿舍弃尘世；然而，我们读了那么多的诗歌，看了那么多的绘画，听了那么多的音乐，在文学艺术里，肉的呼声与灵的呼声似乎是合二而一的，我们怎么能粗暴无礼地舍弃尘世呢？圣伯纳德[1]掩上他的眼睛，以免见到瑞士湖光水色之美，我们和他有什么共同点呢？或者，我们和《启示录》激烈的措辞又有什么共同之处呢？如果我们肯找的话，我们倒可以，例如在这本书里，找到彬彬有礼的话："我已经请了假。我的兄弟们，同我说声再见吧！我向你们大家鞠了躬就启程了。／我把我门上的钥匙交还——我放弃对房子的一切权利。我只是向你们要求几句最后的好话。／我们做过很久的邻居，但是我接受的多，能给予的少。如今天已破晓，照亮我黑暗角落的灯已经熄灭。召唤的命令已来，我准备启程了。"（《吉檀迦利》第九三首）在离阿·肯比思[2]或手执十字架的约翰[3]最远之时，正是我们自己的心情在呼喊："因为我热爱此生，我知道我将同样热爱死亡。"（《吉檀迦利》第九五首）然而，这书不仅是在我们告别尘世的思想中探测一切。我们不曾知道我们是热爱上帝的，而相信上帝，在我们又几乎是不可能的；然而，回顾我们的生活，在我们对林中道路的探索里，在我们对山岭之上寂寥之地的欣赏里，在我们对我们热爱的妇女徒然提出神秘的要求里，我们就发现了一种情绪，是它创造了这种隐秘的

---

[1] 圣伯纳德（923—1008），意大利人，罗马天主教神父。

[2] 阿·肯比思（1379—1471），德国修道士，著名的祈祷著作《仿效耶稣基督》（1427）的作者，该书提倡从世俗的趣味中解放出来，过一种带神秘色彩的、献身于救世主的生活。

[3] 约翰（1542—1591），西班牙神秘主义者，1567 年被委任为牧师。

温馨柔情。"我的国王，你就像一个素昧平生的普通人，自动地进入我的心里，你在我一生不少飞逝的流光里，盖上了永生的印章。"（《吉檀迦利》第四三首）这就不再是修道庵舍和鞭挞惩戒的神圣之感，倒是有所升华，仿佛进入了那描绘着尘土和阳光的画家的更为深沉的心境，而为了类似的声音，我们也走向圣法兰西斯和威廉·勃莱克——他们同我们强暴的历史看来是格格不入的。

由于信仰某些一般化的图式，我们写些冗长的巨著，其中也许没有一页具有任何特色可使写作成为一种乐趣，就像我们搏斗、赚钱以及把政治灌满头脑一样，做的全是沉闷的事情；而泰戈尔先生，像印度文化本身一样，一向满足于发现灵魂，屈服于灵魂的自然。他似乎时常把他的生活，同那些更倾向于追求西方生活方式的、在世界上似乎更加重要的人物的生活，互相比较对照，而且总是十分谦逊，好像他只不过确信他的生活道路对他是最好的罢了。"回家的人们，带着微笑瞧我，使我满心羞惭。我像个女丐一样坐着，拉起一角裙子遮住我的脸，他们问我可要什么的时候，我垂首低眉不语。"（《吉檀迦利》第四一首）别的时候，泰戈尔想起了从前他的生活曾经是截然不同的另一种模样，他就写道："我把许多时辰都花费在善与恶的斗争上了，但如今我闲暇之日的游伴，却有兴致把我的心引到他的身边，我不知道何以突然召唤我走向这无谓的、无足轻重的结局！"（《吉檀迦利》第八九首）文学里其他地方找不到的一种天真，一种单纯，使小鸟和绿叶显得跟泰戈尔很亲近，就像小鸟和绿叶同儿童很亲近一样，使季节的变换对泰戈尔显得是重大事件，就像我们的思想还没有冒出来把季节和我们隔断以前那样。有时候，我猜想这种天真、单纯的特色，是否脱胎于孟加拉文学或宗教；有时候，我又想起鸟儿栖息在他哥哥的手里，我倒乐于认为这是代代相传的禀赋，像特立斯丹或皮蓝诺兰的彬彬有礼一样，是几百年中成长起来的奥秘。真的，当他说起儿童的时候，他自己的好大一部分似乎就具备这种特色，我们真参不透他究竟是否也在说起圣人哩。"他们用沙子建造房屋，他们用空贝壳游戏，他们用枯叶编成小船，微笑着把小船漂浮在茫茫大海上。孩子们游戏在大千世界的海滨。／他们不会游泳，他们不会撒网。采珠人潜水寻找珍珠，商人扬帆航行，而孩子们捡来了卵石，又重新把卵石撒掉了。他们不寻求隐藏的财宝，他们不知道如何撒网。"（《吉檀迦利》第六〇首）

W. B. 叶芝

1912 年 9 月

一

你已经使我臻于无穷无尽的境界，你乐于如此。这薄而脆的酒杯，你再三地饮尽，总是重新斟满新的生命。

你翻过山岭、越过溪谷带来这小小芦笛，用它吹出永远新鲜的曲调。

在你双手不朽的按抚下，我小小的心里乐无止境，发出的乐声亦非笔墨所能形容。

你无穷的赐予只送到我这双小之又小的手里，许多时代消逝了，你的赐予依旧在倾注，而我的手里还有余地可以充满。

二

你命令我歌唱的时候，我自豪，似乎心都快爆裂了；我凝望你的脸，泪水涌到我的眼睛里。

我生活里一切刺耳的与不悦耳的，都融成一片甜美的和谐音乐——而我的崇拜敬慕之情，像一头快乐的鸟儿，展翅翱翔，飞越海洋。

我知道你喜欢听我唱歌。我知道我只有作为歌手才能来到你的面前。

我用我歌儿的庞大翅膀的边缘，轻拂着你的双脚——那可是我从不奢望企及的。

我陶醉于歌唱的欢乐，忘乎所以，你明明是我的主，我却称你为朋友。

四

我生命的生命啊，知道你生气勃勃的爱抚抚在我的四肢上，我一定努力使我的躯体永远保持纯洁。

知道你就是点亮了我心灵里的理智之灯的真理，我一定努力把一切虚伪从我的思想里永远排除出去。

知道你在我内心的圣殿里安置了你的座位，我一定努力把一切邪恶从我的心里永远驱逐出去，并且使我的爱情永远开花。

知道是你的神威给我以行动的力量，我一定努力在我的行动中把你体现出来。

六

摘下这朵小花，拿走吧。别迁延时日了！我担心花会凋谢、落入尘土里。

也许这小花不配放进你的花环，但还是摘下它，以你的手的采摘之劳给它以光荣吧。我担心在我不知不觉间白昼已尽，供献的时辰已经过去了。

虽然这小花颜色不深，香气也是淡淡的，还是及早采摘，用它来礼拜吧。

七

我的诗歌已卸去她的装饰。她已无衣饰豪华的骄傲。装饰品会损害我们的结合；装饰品会阻隔在你与我之间；环佩丁当的声音会淹没你的柔声细语。

我诗人的虚荣，在你面前羞惭地化为乌有。诗歌的宗师啊，我已经坐在你的足下。但愿我的生活单纯正直，像一支芦笛，供你奏乐。

八

给孩子穿上王子的衣袍，颈子里又挂上珠宝项链，他在游戏中便失去了一切乐趣；他的衣饰步步都阻碍着他。

生怕衣饰被磨损或被尘土玷污，他总是回避这个世界，甚至连动一动也忧心忡忡。

母亲啊，华服盛装的约束，如果它使人和大地健康的尘土隔绝，如果它剥夺人进入人类日常生活盛大庙会的权利，那就不是得而是失了。

一〇

这是你的足凳；最贫贱最潦倒的人们生活的地方，便是你歇足之处。

你歇足在最贫贱、最潦倒的人们中间，我竭力向你鞠躬致意，可我的敬意达不到个中深处。

你穿着寒酸的衣服，行走在最贫贱、最潦倒的人们中间，骄傲可永远到不了这个地方。

你同最贫贱、最潦倒的人们之中那些没有同伴的人作伴，我的心可永远找不到通向那儿的道路。

一一

别再诵经、唱经和数珠吧！在这重门紧闭的庙宇的幽暗寂寞的角落里，你在礼拜谁呢？睁开眼睛瞧瞧，你的神可不在你的面前！

神在农民翻耕坚硬泥土的地方，在筑路工人敲碎石子的地方。炎阳下，阵雨里，神都和他们同在，神的袍子上蒙着尘土。脱下你的圣袍，甚至像神一样到尘埃飞扬的泥土里来吧！

解脱？哪儿找得到这种解脱？我们的主亲自欢欢喜喜地承担了创造世界的责任，他就得永远和我们大家在一起。

丢掉你的鲜花和焚香，从你的静坐沉思里走出来吧。如果你的衣衫褴褛而肮脏，那又何妨呢？在辛勤劳动中流着额上的汗，去迎接神，同神站在一起吧。

一二

我跋涉的时间是漫长的，跋涉的道路也是漫长的。

我出门坐上第一道晨光的车子，奔驰于大千世界的茫茫旷野里，在许多恒星和行星上留下了我的踪迹。

　　到达离你自己最近的地方，路途最为遥远；达到音调单纯朴素的极境，经过的训练最为复杂艰巨。

　　旅人叩过了每一个陌生人的门，才来到他自己的家门口；人要踏遍外边儿的大千世界，临了才到达藏得最深的圣殿。

　　我的眼睛找遍了四面八方，我才合上眼睛，说道："原来你在这儿！"

　　这问题和这呼喊，"啊，在哪儿呢？"溶成了千条泪水的川流，然后才和"我在这儿！"这保证的洪流，一同泛滥于全世界。

一三

　　我想唱的歌，直到今天依旧没有唱出来。

　　我把日子都花在调弄乐器的弦索上了。

　　节奏还不合拍，歌词还没配妥；我心里只有渴望的痛苦。

　　鲜花还没有开放，只有风在旁边唏嘘而过。

　　我不曾见到他的脸，也不曾听到他说话的声音；我只听见他轻轻的脚步声，在我房子前面的大路上走过。

　　漫长的一天都消磨在为他在地上铺设座位了，而灯却还没有点亮，我还不能请他进屋来。

我生活在同他相见的希望里；然而这相见的时机尚未到来。

一八

云霾重重堆积，天色暗下来了。啊，爱人，你为什么让我孤零零地在门外等候？

在中午工作忙碌的时刻里，我和大伙儿在一起，但在这暗淡寂寞的日子里，我希望的只是和你待在一起。

如果你不让我看到你的容颜，如果你完全把我抛开，我就不知道怎样度过这些漫长的、下雨的时辰。

我始终凝望着天空遥远的阴霾，我的心和不安宁的风一同流浪哀号。

一九

如果你不说话，我就忍耐着，以你的沉默充实我的心。我一定保持沉静，像黑夜，在繁星闪烁下通宵无眠地等待，耐心地俯首低身。

早晨一定会到来的，黑暗一定会消失的，而你的声音一定会划破长空，在金色河流中倾泻而下。

这时你说的话，都会在我的每一个巢里变成歌曲，振翅飞翔，而你的音乐，也会在我的一切丛林中盛放繁花。

二〇

莲花盛开的那一天，唉，我心不在焉，而我自己却不知不觉。我的花篮里空空如也，而我对鲜花可依旧视而不见。

不时有一股哀愁袭来，我从梦中惊起，觉得南风里有一缕奇香的芳踪。

这朦胧的温柔之情，使我的心因思慕而疼痛，我觉得这好比夏天热烈的气息在寻求其圆满的境界。

那时我不知道，这完美的温柔之情，竟是那么近，竟是我自己的，而且已经在我自己的内心深处开花了。

二一

我必须把船开出去了。可惜啊，我意兴阑珊的光阴在岸边虚度了！

春天开过花就告辞了。而今背负着落花狼藉的包袱，我却等待而又留连。

涛声喧哗，岸上树荫小巷里黄叶飘零。

你凝望的是何等空虚，你可感觉到，随着从彼岸飘扬过来的歌声，自有一种惊喜之情流贯天空？

二三

是你在这暴风雨之夜，在你那爱的旅途上跋涉，我的朋友？天空，像个失望的人在呻吟哀号。

我今夜无眠。我再三打开大门，向门外黑暗中张望，我的朋友。

我眼前什么也看不见，我不知道你走的道路在哪儿。

是你从那墨黑河流的昏暗岸边，经过颦眉蹙额的森林边缘，穿过幽暗深处的迷津，迂回曲折地来到我的身边，我的朋友？

二六

他来坐在我的身边，我却浓睡未醒。好一个可咒诅的睡眠，唉，不幸的我！

他来的时候，夜是静悄悄的；他手里拿着竖琴，我做的梦同他奏的乐共振共鸣。

唉，为什么我的良宵全都这样虚度了？啊，他的气息触及了我的睡眠，为什么我总是见不到他呢？

二九

我用我的"名"把他圈禁起来，而他在这监狱里哭泣。我总是忙于在周围筑墙，墙垣一天天高入云霄，我就看不见在黑沉沉阴影里的真我了。

我以这伟大的城垣自豪，我用土和沙抹墙，深怕我这"名"之墙上还有一星半点的漏洞；尽管我煞费苦心，我可看不见真我了。

三〇

我独自上路，去赴我的约会。可这在寂静的黑暗中跟着我的是谁呢？

我靠边走，躲开他，然而我摆脱不了他。

他昂首阔步，扬起地上的尘埃；我每说一句话，他都添上他的大叫大嚷。

他是我自己的小我，我的主啊，他不识羞耻；然而我却羞于和他一同来到你的门口。

三五

在那儿，心灵是无畏的，头是昂得高高的；

在那儿，知识是自由自在的；

在那儿，世界不曾被狭小家宅的墙垣分割成一块块的；

在那儿，语言文字来自真理深处；

在那儿，不倦的努力把胳膊伸向完美；

在那儿，理智的清流不曾迷失在积习的荒凉沙漠里；

在那儿，心灵受你指引，走向日益开阔的思想和行动——

我的父啊，让我的国家觉醒，进入那自由的天堂吧！

三七

我以为我的旅程已经终结，我的力量已经涸竭，我的前途已经断绝，我的粮食已经耗尽——我托庇于寂静、混沌的大限，已经到来了。

然而我发现，你的意志在我身上不知有终点。旧的言语刚在舌尖上消失，新的乐曲又从心上迸发而出；旧的车辙消失了，新的田野又显示出奇观来了。

四一

我的情人，你，站在他们的背后，藏身在阴影里，你究竟在何处呢？在尘土飞扬的道路上，他们推开你，走了过去，把你等闲视之。我在这儿摆上我的礼物，长时间地等候你，等得人都倦了；而过路的人来了，一朵又一朵地取走我的花儿，我的花篮几乎是空空的了。

早晨过去了，中午也过去了。在黄昏的朦胧里，我的眼睛困倦欲睡。回家的人们，带着微笑瞧我，使我满心羞惭。我像个女丐一样坐着，拉起一角裙子遮住我的脸，他们问我可要什么的时候，我垂首低眉不语。

啊，真的，我怎么能告诉他们：我是在等候你，而且你已经答允我要来的呢？我又怎么能惭愧地说，我留着这份贫穷作为陪嫁呢？啊，我在内心的秘密深处拥抱着这种自豪感。

我坐在草地上凝望天空，梦想着你降临时突如其来的豪华壮观——万道光芒熠熠生辉，金色的旗帜在你车辇上飘扬，而他们站在道旁张大着嘴巴，眼看着你从车辇的座位上走将下来，把我从尘埃中扶了起来，把我这衣衫褴褛的女丐安置在你的身旁，而我又羞惭又自豪，浑身颤抖，像是夏天习习凉风里的一支藤蔓。

然而，时间流逝，依旧听不见你的车辇的轮声。许多仪仗队，喧哗、显赫地走过去了。只有你宁可站在他们大家的背后，悄悄地藏身在阴影里？只有我宁可等待，哭泣，在徒然的朝思暮想中磨碎我的心？

四二

清晨密语，说是我们，（只有你和我，）要驾一叶扁舟而去，世界上没有一个人会知道我们这没有目的地也没有穷尽的遨游。

在无涯无际的海洋上，在你微笑静听之际，我将放声歌唱，音韵抑扬低昂，摆脱字句的束缚，自由如波浪翻腾。

时辰还没有到吗？还有工作要做吗？瞧啊，黄昏已经笼罩海岸，苍茫暮色里海鸟正在归巢。

谁知道什么时候将解开链索，这一叶扁舟会像落日的余光，消失在黑夜之中呢？

四三

那天我没有准备迎接你；我的国王，你就像一个素昧平生的普通人，自动地进入我的心里，你在我一生不少飞逝的流光里，盖上了永生的印章。

今天我偶然照亮了飞逝的流光，看到了你的印章，我发现它们同我遗忘了的、无足轻重的往日的有苦有乐的回忆混杂在一起，散乱地撒在尘土里。

你对我在尘土里的童稚游戏并不鄙夷地掉头不顾，我在游戏室里听到的足音，便是在繁星之间回响着的足音。

四七

夜阑了，白白地等候他了。我深怕他在清晨突然来到门口，而我却疲倦得睡熟了。啊，朋友们，别挡驾，让他通行无阻吧。

如果他的脚步声没有把我惊醒，请不要设法把我叫醒。我不愿意众鸟嘈杂的合唱、晨光庆典上的大风狂啸，把我从酣睡中吵醒。让我毫无打扰地安睡吧，哪怕是我的主突然来到我的门口。

啊，我的睡眠，我的宝贵的睡眠，只等着在他的抚摸下消失。啊，我的紧闭的眼睛，只等着在他的微笑下睁开眼皮，这时候他站在我的眼前，就像一个梦从黑暗的睡眠里浮现出来似的。

让他作为一切光芒中的第一道光芒，一切形态里的第一个形态，呈现在我的眼前。让我觉醒的灵魂的第一阵惊喜之情，来自他的目光。让我的返归自我，成为直接对他的皈依。

五一

夜色黑沉沉的。我们白天的工作已经做完。我们认为今夜最后一个投宿的客人已经来到，村子里家家都已门关户闭。只有几个人说是国王要来的。我们笑笑说："不，这是不可能的！"

仿佛有叩门的声音，而我们说这不过是风。我们灭了灯，躺下来睡觉。只有几个人说："这是使者！"我们笑笑，说，"不，这必定是风！"

夜深人静时又传来一个声音。我们在朦胧中以为这是遥远的雷声。地动墙摇，扰乱了我们的睡眠。只有几个人说这是车轮的声音。我们睡意正浓地喃喃说道："不，这必定是云霓雷鸣！"

响起鼓声时夜还是黑沉沉的，传来了呼喊："醒来吧，别耽误了！"我们双手按住心头，害怕得发抖。有几个人说："瞧呀，国王的旗帜！"我们站起身来，喊道："没有时间再耽搁了！"

国王来了，——可是灯在哪儿呢？花环在哪儿呢？供国王坐的宝座又在哪儿呢？啊，丢脸！啊，把脸丢尽了！大厅在哪儿，陈设又在哪儿呢？有人说话了："叫喊也无用了！空手迎接国王，迎他到你一无所有的房间里去吧！"

打开大门，吹响海螺吧！我们黑暗凄凉之屋的国王，在深夜里降临了。雷霆在空中怒吼。黑暗随着闪电颤抖。把你破破烂烂的席子拿出来，铺在院子里吧。我们的恐怖之夜的国王，突然之间与暴风雨一同来临了。

五二

我想我应该向你要那挂在你颈子上的玫瑰花环，可是我不敢。于是我就等到早晨，在你离开的时候，从你床上去找花环的零星残余。我在黎明时分像个乞丐似的东找西寻，就为了那散落的一二片花瓣。

啊！我找到了什么呢？你的爱情留下了什么信物呢？那可不是花朵，不是香料，不是一瓶香水。竟是你的一把利剑，闪闪发光如火焰，沉重如雷霆万钧。年轻的晨光从窗子里泻进来，铺在你的床上。晨鸟啁啾发问："女人，你得到了什么呢？"不，那可不是花朵，不是香料，不是一瓶香水——却是你那可怕的利剑。

我坐在那儿，心里纳罕，你这是什么信物啊？我找不到地方把它收藏起来。我这样柔弱，我不好意思佩带利剑，我把它紧抱在怀里时，它又要伤害我。然而，你给了我这信物，这痛苦的负担，我就一定要把这光荣铭记在心。

从今以后，我在这世界上将无所畏惧，而你亦将在我的一切斗争中获得胜利。你留下死亡和我做伴，我将以我的生命为他加冕。我带着你的剑斩断我的镣铐，我在这世界上将无所畏惧。

从今以后，我抛弃一切微不足道的装饰。我心灵的主啊，我不再在角落里等待和哭泣，也不再温柔、羞怯。你已经把你的剑给我佩带。我就不要玩偶的装饰品了。

五四

我不向你要求什么；我不向你的耳朵说出我的名字。你离去时我默默地站着。我独自留在井边，树影横斜，妇人们顶着盛满水的褐色陶罐回家去了。她们呼唤我，大声说道："同我们一起走吧，早晨渐渐过去，都快近中午了。"但是我仍在阑珊地留连，落入了恍惚的遐想。

你来时我没听到你的足音。你那落在我身上的眼神是悲哀的；你低低说话的声音是疲倦的。——"啊，我是个口渴的旅人，"我从我的白日梦中惊醒过来，把我罐里的水倒在你掬着的手掌里。树叶在头上簌簌地响，杜鹃在看不见的幽暗里啼鸣，从大路弯曲处传来巴勃拉花的芳香。

你问起我的名字的时候，我害羞得默默地站着。真的，我为你做了什么，竟使你念念不忘。但，我能给你饮水解渴，这点回忆将萦绕我的心头，把我的心包裹在柔情蜜意里。晚了，快近中午了，鸟儿唱着慵倦的歌，栋树叶子在头上簌簌地响，我坐在那儿想了又想，想了又想。

五五

倦怠笼罩着你的心，你的眼睛里依旧睡意蒙眬。

难道你没有听到消息，荆棘丛中花开烂漫？醒来，啊，醒来吧！别让时光虚度！

在石径的尽头，在纯洁寂寥的乡村里，我的朋友独自坐着。别欺骗他。醒来，啊，醒来吧！

即使天空因正午的骄阳而喘息颤抖——即使灼热的沙子摊开了它干渴的地幔——

难道你的内心深处就没有欢乐？难道你每走一步，大路的琴弦不会迸发出悦耳的痛苦之音吗？

五六

事情就是如此，你的欢乐是这般充满了我的身心。事情就是如此，你自天而降，来到我的身边。诸天之主啊，如果我不是你的情人，你的情人会在哪儿呢？

你选中我和你共享这一切财富。你的喜悦不断地在我心里奏出音乐。你的意志经常在我的生活里化成形体。

为了这个缘故，身为万王之王的你，就打扮自己，来赢得我的心。为了这缘故，你的爱情就消融在你情人的爱情里，你就以我俩合而为一的美满形象显现。

五七

光明，我的光明，充满世界的光明，亲吻眼睛的光明，甜沁内心的光明！

啊，我的宝贝，光明在我生命的中心跳舞；我的宝贝，光明在弹拨我爱情的弦索；天开了，风撒野，欢笑响彻大地。

蝴蝶在光明的大海上扬帆前进，百合花和素馨花在光波的浪峰上涌起。

我的宝贝，光明撒在每一朵云彩上，化成了金子，光明还洒下珠宝无数。

我的宝贝，喜悦在树叶间蔓延，其乐无穷。天河淹没了它的堤岸，欢乐的洪水横溢奔流。

五九

是的，我知道，我心爱的人儿，这只是你的爱情——这在叶子上跳舞的金光，这些在天空飘过的闲云，这在我的额上留下凉意的、吹过的清风。

晨光涌进我的眼睛——这是你送给我心的信息，你的脸自天下俯，你的眼睛俯视我的眼睛，而我的心抚摸着你的双足。

六〇

　　孩子们在大千世界的海滨集会。头上无垠的天空是静止的，而无休止的海水奔腾澎湃。集会在大千世界的海滨，孩子们欢呼跳跃。

　　他们用沙子建造房屋，他们用空贝壳游戏，他们用枯叶编成小船，微笑着把小船漂浮在茫茫大海上。孩子们游戏在大千世界的海滨。

　　他们不会游泳，他们不会撒网。采珠人潜水寻找珍珠，商人扬帆航行，而孩子们捡来了卵石，又重新把卵石撒掉了。他们不寻求隐藏的财宝，他们不知道如何撒网。

　　大海欢笑着涌起洪波。海滩上闪耀着苍白的微笑。致人死命的海浪，对孩子们唱着毫无意义的歌谣，竟像母亲摇晃婴儿的摇篮一样。大海和孩子们游戏。海滩上闪耀着苍白的微笑。

　　孩子们在大千世界的海滨集会。风暴在无路的天空里激荡，船舶在无轨的水面上颠覆，死亡横行，而孩子们在游戏。在大千世界的海滨，孩子们正举行盛大的集会。

六二

我送你彩色玩具的时候，我的孩子，我懂得了为什么云里水里会变幻出色彩缤纷，为什么百花点染着姹紫嫣红——就在我送你彩色玩具的时候，我的孩子。

我唱着歌使你跳舞的时候，我确实明白了为什么树叶萧萧，响出音乐，为什么波浪澎湃，把合唱的歌声送到静静谛听的大地的心里——就在我唱着歌使你跳舞的时候。

我把糖果送到你贪馋的双手里的时候，我知道了为什么花蕊里有蜜，为什么水果里藏着甜汁——就在我把糖果送到你贪馋的双手里的时候。

我吻你的脸使你微笑的时候，我的宝贝，我确实领悟了晨光里从天空流下来的是什么喜悦，夏天的凉风给我的身体带来的又是什么快感——就在我吻你的脸使你微笑的时候。

六三

你使我不认识的朋友们认识了我。你在他人的家里给我安排了座位。你使疏远的变成亲近的，使陌生人成为兄弟。

我不得不离开我住惯的居所时，我的心里不安；我忘记了这是旧人迁入新居，而且你也住在那儿。

通过生和死，在这个世界或那个世界，无论你带我到哪儿，都是你，仍旧是你，我无穷生命中的唯一伴侣，永远用欢乐的链条，把我的心和不熟悉的人联系在一起。

谁一旦认识了你，谁在世上就没有陌生的人，就没有关闭的门户。啊，请允许我的祈求，让我和众人交游之际，永远不失去和你单独接触的福祉。

六五

从我那满满欲溢的生命之杯里。我的上帝，你想饮怎样的神圣之酒？

通过我的眼睛看你自己的创造，站在我的耳门口静听你自己的永恒的和谐乐声，我的诗人，这就是你的乐趣？

你的世界在我的心灵里织成文字，而你的欢乐又给文字配上音乐。你在恋爱时把你自己交给了我，然后又在我这儿感觉到你自己的全部温馨柔情。

六七

你是苍天，你也是巢。

啊，美丽的你，你的巢里有你的爱，这爱以色彩、声音和芳香拥抱灵魂。

清晨来了，她右手拎着金色花篮，带着美的花冠，悄悄地给大地加冕。

黄昏来了，她越过牧人都已离去的寂静牧场，穿过车马绝迹的道路，带着金色水壶来了，壶里盛着西方安息之洋清凉的和平之水。

但是，在天空无限伸展以供灵魂翱翔的地方，到处是无瑕的纯白光芒。那儿无昼无夜，无形无色，而且永远、永远无言无语。

六九

就是这日夜在我血管里奔腾的生命之流，奔腾于世界之中，按着节奏手舞足蹈。

就是这同一的生命，欢乐地从大地上破土而出，蔚为芳草无数，发为绿叶繁花，摇曳如波浪起伏。

就是这同一的生命，随着潮汐涨落，在生与死的海洋摇篮里摇摇晃晃。

我觉得因为四肢受到这生命世界的爱抚而光荣。而历代生命的搏动，此刻正在我的血液里舞蹈，我引以自豪。

八〇

我像一片秋天的残云，徒然在空中飘荡。啊，我的永远辉煌的太阳。你的抚摩还没有化掉我的水汽，使我与你的光芒合而为一；因此，我屈指计算着同你分离的岁月。

如果这是你的愿望，如果这是你的游戏，那就逮住我这飘忽的空虚，给它染上彩色，镀上黄金，让它在放肆任性的风里飘浮，使它舒展成种种不同的奇观。

再者，如果这是你的愿望，要在夜间结束这场游戏，那我就在黑暗之中或者在白色清晨的微笑里，在透明纯净的凉意里，溶化、消失。

八八

破庙里的神明啊，七弦琴的断弦，不再弹唱赞美你的歌。晚钟也不为礼拜你而报时。你周围的空气是寂然无声的。

骀荡的春风吹进你凄凉的庙宇。春风带来了鲜花的消息——可不再有人以鲜花给你上供了。

你往昔的礼拜者，徘徊又徘徊，老是渴望着仍被拒绝的恩典。黄昏来临，灯火和阴影，同朦胧暗淡的尘埃混成一片时，他怀着内心的饥饿，疲倦地回到破庙里来了。

破庙里的神明啊，对于你，不少佳节是寂静无声地到来的。不少礼拜之夜，是灯火也不点亮地度过的。

技术高明的大师们造了许多新的神像，可时辰一到，就给抛弃在神圣的遗忘之河里了。

只有破庙里的神明，倒无人礼拜地长留在永恒的付诸等闲里了。

八九

我不再吵吵嚷嚷地大声谈论了——这是我的主的意旨。从此我要悄声细语。我心里的话要用低低的歌声倾诉。

人们赶到国王的市场上去。所有的买主和卖主都在那儿。然而，在工作正忙的中午，我就不合时宜地离开了。

尽管花期未到，还是让花儿在我园子里开放吧。让中午的蜜蜂响起懒洋洋的嗡嗡之声吧。

我把许多时辰都花费在善与恶的斗争上了，但如今我闲暇之日的游伴，却有兴致把我的心引到他的身边，我不知道何以突然召唤我走向这无谓的、无足轻重的结局！

九三

我已经请了假。我的兄弟们，同我说声再见吧！我向你们大家鞠了躬就启程了。

我把我门上的钥匙交还——我放弃对房子的一切权利。我只是向你们要求几句最后的好话。

我们做过很久的邻居，但是我接受的多，能给予的少。如今天已破晓，照亮我黑暗角落的灯已经熄灭。召唤的命令已来，我准备启程了。

九五

我跨过此生的门槛之际，当初是不知不觉的。

是什么力量使我在这茫茫无际的神秘中开放，犹如一朵蓓蕾，深更半夜在森林里开花？

早晨我看到光明，我立刻感到我在这世界上不是个陌生人，那无名无形的不可思议者，已凭借我亲生母亲的形象，把我抱在怀里。

就是这样，在死亡之际，这同一个陌生人，将以我一向熟悉的面目出现。因为我热爱此生，我知道我将同样热爱死亡。

母亲让婴儿离开右乳的时候，婴儿就啼哭，可他转瞬之间又从左乳得到了安慰。

一〇一

我这一生永远用诗歌来寻求你。诗歌带领我从这个门走到那个门，我和诗歌一同在我周围摸索，寻求着、接触着我的世界。

我所学习的一切功课，都是诗歌教给我的；诗歌指点我秘密的途径，诗歌把我心里天边上的不少星辰，带到了我的眼前。

诗歌整天带领我走进欢乐和痛苦的神秘境界，而最后，在我旅途终点的黄昏里，诗歌又将带我到什么宫门口呢?

情人的礼物

二

到我花园的小径里来吧,我的情人。走过那挤到你眼前
来的、热情奔放的花朵。走过花朵,为不期而遇的欢乐而驻
足吧;这种欢乐像突如其来的晚霞异彩,灼灼照耀而又暗暗
遁形。

因为爱情的礼物是腼腆的,它从不通名报姓,它掠过阴
影,沿着尘土散布一阵欢乐的战栗。赶上它,不然就永远错
过它了。然而,一件抓得住的礼物,不过是一朵脆弱的花,
或者是一盏行将闪烁不定的灯。

四

她贴近我的心犹如草原的花贴近大地;她给我的感受是
甜蜜的,犹如睡眠之于疲倦的四肢。我对她的爱情,是我旺
盛生命的流动,仿佛河水在秋天泛滥,泰然恣意奔腾。我的
歌和我的爱情合而为一,就像流水潺潺,同它所有的波浪和
激流一起歌唱。

五

如果我拥有天空和空中所有的繁星，以及世界和世上无穷的财富，我还会要求更多的东西；然而，只要她是属于我的，给我地球上最小的一角，我就心满意足了。

六

在这奢华的春天的阳光里，我的诗人，你该歌唱那些人：他们走过而并不留连光景，他们且笑且跑而绝不回顾，他们在一个钟头的无端喜悦里开花，在片刻之间凋落而毫无懊悔。

你别默默地坐下来，作念珠祷告似的追忆过去的眼泪和微笑，——你别驻足拾起昨夜的花朵今朝的落瓣，别去寻求那躲避你的事物，别去探索那难以明白的道理，——且把你一生中的空隙保留原状，让音乐从空隙的深处涌将出来。

七

现在只剩下一丁点儿了，其余都在一个无忧无虑的夏天里浪费掉。这一丁点儿，恰好足够谱一支歌儿唱给你听，恰好足够缀在一个花朵镯子里套在你的手腕上；或者恰好足够挂在你的耳边，像一颗圆润的粉红珍珠，像一句脸红的悄声细语；这一丁点儿，恰好足够在一个晚上冒险赌博一番而又整个儿输光。

我的船是只脆弱的小舟，不宜在大雨里横渡狂暴的波涛。如果你只是轻轻地踏上船来，我将载着你悠悠地沿着河岸绿荫划去，那儿幽暗的河水泛着涟漪，仿佛是被梦打扰了的睡眠；那儿鸽子在低垂的树枝上咕咕啼鸣，使正午的阴影忧郁不欢。白日已尽，你感觉疲倦的时候，我便摘一朵沾有水滴的百合花簪在你的头发里，然后我就走了。

八

有地方给你坐的。你独自一人带着几束稻子。我的小船是拥挤的，它载得重了，但我怎么能把你拒之船外呢？你年轻的身体是苗条的，摇摇曳曳的；你眼角边有一丝闪烁的微笑，你的袍子色彩如雨云。

旅客们将登陆走向不同的道路不同的家。你且在我的船头上稍坐一会儿，到了旅途的终点，谁也不会把你留下的。

你上哪儿，到哪一家，去储藏你那几束稻子呢？我决不问你；可是，当我收下了我的篷帆，碇泊了我的小船，我会在黄昏里坐下来琢磨又琢磨：你上哪儿，到哪一家，去储藏你那几束稻子呢？

九

妇人，你的篮子是沉重的，你的手足是疲倦的。你赶了多少路，渴求什么利益？道路是漫长的，太阳下的尘土是灼热的啊。

你瞧，这湖又深又满，河水黑幽幽的，像乌鸦的眼睛。河岸斜斜的，斜坡上青草柔嫩。

在水里浸你疲倦的脚吧。中午的风会用它的手指拨弄你的头发；鸽子会哼哼催眠的歌，树叶会喃喃诉说栖息在阴影里的秘密。

如果时辰逝去，太阳落山，如果穿过荒凉大地的道路迷失在暗将下来的天光里，那又有什么关系呢？

　　那边就是我的房屋，就在开着指甲花的篱笆旁边；我一定会领你去的。我一定会替你铺好床，点上一盏灯。明天早晨，闹盈盈地给母牛挤奶而惊醒了鸟儿的时候，我一定会叫醒你的。

一二

　　春天啊，千秋万代之前，你打开众神的花园的南门，你降临于大地的第一个青春；男子妇女从他们的家里跑将出来，笑着舞着，在一阵突如其来的兴高采烈的疯狂之中，互相投掷花朵如烟尘滚滚。

　　年复一年地，你带来了你在第一个四月里撒在你路径上的花卉。因此，今天在袭人的花气里，它们呼出了已成旧梦的往昔的叹息，已经消失了的世界的、萦绕不去的悲哀。你的和风载着爱情的传说，而这传说已经从一切人类的语言中凋谢了。

　　有一天，你带着新鲜的奇迹进入了我的生活，我的生活正随着初恋而悸动。从此以后，初次尝味到的那种欢乐的温柔羞怯之情，就年年来临了，就藏在你那柠檬花的又早又青的蓓蕾里；而你那红色的玫瑰花，又在它们灼灼燃烧的沉默里，囊括了我心里一切没有吐露的言语；而抒情时刻的回忆，五月里的那些日子，则在你那一再新生的嫩叶的兴奋激动里簌簌作响。

一三

昨夜，我在花园里献给你冒着泡沫的、我的青春之酒。你把酒杯举到你的唇边，你闭上眼睛微笑，而我掀起你的面纱，解开你的辫子，把你默不作声的甜蜜的脸搂在我的怀里，那是昨夜，明月的梦洋溢在沉睡的世界里的时候。

今天，在黎明露水送凉的静谧里，你正在走向神的庙宇，你沐了浴，穿着白色的袍子，手里提着满满一篮鲜花。而我垂着头站在一边，在树荫下，到庙宇去的寂寥的道路旁，在黎明的静谧里。

一四

如果我今天迫不及待，亲爱的，你就原谅我吧。这是第一场夏雨，河边的森林摇摇曳曳，开花的迦昙波树，正以其芳香馥郁的酒杯，引诱那吹拂而过的风。你瞧，天空所有的角落里，都投出了闪电的目光，而风又猖獗地吹乱了你的头发。

如果我今天对你致以忠诚的敬意，亲爱的，你就原谅我吧。日常的世界都隐藏在雨水朦胧里了，村子里一切工作都停顿了，牧场上是寂无人影的。正在到来的夏雨，在你的眼睛里找到了它的音乐，而七月在你的门口等着把它青色罗裙上的茉莉花插在你的头发里呢。

一五

她村子里的邻居都说她黑——然而她在我心上是朵百合花，是的，虽然并不白皙，真是朵百合花。我第一次在田里看见她时，阳光被云霾蒙住了；她的头上没戴帽子，她的面纱掉了，她的辫子松了，披散在脖子上。正如村里人所说的那样，她也许是黑的，然而，我看见了她的黑眼睛可欢天喜地。

空气的脉搏预兆着风暴欲来。听见她家花牛惊惶失措地鸣叫，她便从屋子里跑将出来。她的大眼睛朝着云霾看了片刻，感觉到天空中大雨欲来的动荡。我站在稻田的角落里——如果她看在眼里，那就只有她是知道的了。（也许我是知道的。）她黑得像夏天阵雨的征兆，像繁花盛开的森林的阴影，她黑得像五月思慕的夜里对未知爱情的渴望。

一六

她住在这儿池塘旁边，通向池塘的台阶已经颓废了。在不少的黄昏里，她曾凝望过明月，明月可被竹影摇晃弄得头昏眼花了；在不少的雨天里，潮湿泥土的气味，越过稻子的青苗，飘到了她的身边。

在这儿的枣椰树丛里，在姑娘们一边儿安坐闲谈一边儿缝着冬天的被子的大院里，她的昵称小名是大家都熟稔的。这池塘深处的水，始终记得她游泳的四肢；她潮湿的脚，日复一日地，在通向村庄的小径上留下脚印。

今天带着水壶来到池塘边的妇女，都曾看见她为单纯的戏谑而笑逐颜开；牵着小公牛去洗澡的老农，也习惯于每天站在她门口向她问好。

不少帆船经过这个村庄；不少旅人在那棵榕树下歇脚休息；渡船开往对岸的浅滩，载送人群到市场上去；然而他们从来没有注意到村子大路旁边这一小块地方，就在台阶颓废的池塘附近——住着我所热爱的她。

二三

我爱我这边的沙滩：寂寞的池塘里鸭子呷呷地叫，而斑鸠正在晒太阳；黄昏来临，随波漂流的渔舟在阴影里长长茂草旁躲避风雨。

你爱你这边的林木森然的河岸：阴影集合在竹林的怀抱里，而妇女们挟着水壶，穿过曲折的幽径走来。

同一条河在我们两人之间流过，对两岸唱着同样的歌儿。我独自躺在星空下的沙滩上静听，而你坐在晨光里斜坡的边缘上谛听。只是我听到的词儿你不懂得，它说给你听的秘密对我永远是个谜。

二八

我梦见她坐在我的头旁，温柔地用她的手指抚弄我的头发，弹出她轻抚漫弄的旋律。我凝望着她的脸，按捺住我的泪水，而没有说出口的痛苦，终于使我的睡眠像水泡一样的破灭了。

我从床上坐了起来，看到窗子上方银河熠熠生辉，仿佛是一个寂静的世界着了火,于是我很想知道,此时此刻她是否做了一个同我的梦押韵合拍的梦。

二九

当我们的目光越过篱笆相遇时,我以为我有些话要对她说。可是她走过去了。我那非对她说不可的话,它就像一条船,日夜摇摆在时辰的每一个波浪上。它仿佛要航行在秋云之间作一次无穷的探索,它仿佛要盛开如黄昏的花卉,在夕照中寻求它丢失了的瞬间。我那非对她说不可的话,它闪烁明灭,像是我心头的流萤,要在绝望的黄昏里发现它的意义。

三〇

春花开放,犹如未道破的恋爱的深情之苦。随着春花的香气,袭来了我的往昔之歌的回忆。我的心突然之间披上了欲望的绿叶。我的情人不来,但我的四肢感到了她的抚爱,越过芳香馥郁的田野,也传来了她的声音。悲伤的天空深处有她的凝视,可她的眼睛在哪儿呢?空中飘来她的亲吻,可她的嘴唇在哪儿呢?

三三

喧闹的春天,曾一度带着挥霍无度的欢笑进入我的生活;她的时辰里载满了眼前且逍遥的玫瑰,她还以阿肖卡树新生嫩叶的红彤彤的亲吻,使天空为之燃烧。如今春天穿过冷冷清清的小巷,沿着寂静浓重的、沉思的阴影,悄悄地溜进我的孤独里来了;她静静地坐在我的阳台上,越过田野凝眸遥望:大地的苍翠,在天空的全然苍白里,精疲力竭地晕厥了。

四〇

有个讯息来自我的已经消逝的青春岁月,说道:"我在尚未诞生的五月的颤动之中等待你,在那个五月里,微笑熟透了,行将化为泪水,而时光又因未唱出口的歌而痛苦。"

讯息说:"跨过时代的破旧小径,穿过死亡的门户,到我这儿来吧。因为好梦凋谢,希望落空,采集来的当年的果实也腐烂了,而我倒是永远的真实,在你从此岸到彼岸的航程中，必将一而再、再而三地遇到我。"

四一

姑娘们到河边取水去了——她们的欢笑声从林木间传来，我真想跟她们一起到小巷里去；小巷里羊儿在浓荫下吃草，松鼠越过落叶从阳光里窜到阴影里。

然而我一天的活儿已经干完了，我的水瓮都是满满的。我站在我家门口凝眸看槟榔树叶绿得熠熠生光，侧耳听妇女们纵声大笑着去河边取水。

日复一日地，在蘸濡着露水的清新晨光里，在日落时慵倦的微弱闪光里，运送我那沉甸甸的满满的水壶，一向是我心爱的工作。

壶中咕嘟咕嘟的水，在我心灵悠闲时同我喋喋不休，在我欣喜地思量默默欢笑时也一起欢笑，——而我悲伤的时候，它又泪水涟涟地对我的心呜咽。我曾在暴风雨的日子里运送水壶，那时候潺潺的雨声淹没了鸽子焦急的咕咕之声。

我白天的活儿已经干完了，我的水瓮都是满满的，西方的光芒暗下去了，树木下的黑影浓起来了；开花的亚麻田里传来一声叹息啊，我有所思慕的眸子，望尽了那小巷，那穿过村子、奔向幽暗河水的岸边的小巷。

四三

你临终在我的生活里留下了千古大悲痛。你在我思想的天边上，绘画了你离去时的落日霞光，留下一条泪水小径，横跨大地，通向爱的天堂。在你亲爱的双臂怀抱里，在婚姻的结合里，生与死在我的身上合为一体。

我以为我能看到你在那儿点亮了你的灯，在阳台上守望，那儿是万物始与终相会的地方。我的世界从此要进入你所打开的门——你把死亡之杯举到我的唇边，你以来源于你自己的生命，注满此杯。

四六

天空凝望着它自己的无穷蔚蓝，而且做着梦。我们云彩是它的幻想，我们没有家。繁星在永恒的皇冠上闪耀。繁星的纪录是垂之久远的，而我们的纪录是用铅笔写的，片刻以后就擦掉了。我们扮演的角色，出现在空气的舞台上，打响我们的铃鼓，投射欢笑的闪光。然而，从我们的欢笑里送来了雨，那可是够实在的，传来了雷，那可不是闹着玩儿的。

我们不向时光要求报酬，而那把我们吹成云彩的风，在我们得到命名之前，又把我们吹走了。

五六

我觉得黄昏寂寞，我读着一本书，直读得我的心也变枯燥了，在我看来，美似乎是文字贩子制作而成的东西了。我疲倦地合上书本，灭掉烛光。顷刻之间，房间里月光泛滥。

美的精灵啊，你的光芒洋溢天空，怎么能容忍一支蜡烛的小小火焰把你掩盖住了呢？你的声音使大地的心归于不可言说的宁静，一本书里几句空泛的话怎么能像雾一般地把你笼罩住了呢？

六〇

国王的顾问官啊，收回你的钱币吧。我原是你派到森林圣地的那些女人之一；你叫我们去诱惑那个从未见到过女人的、年轻的苦修士，可我没有完成你的嘱咐。

天色朦胧破晓的时候，这隐居的少年到河流中去洗澡，他的一绺绺棕色长发纷披在肩膀上，像是一簇早晨的云彩，而他的四肢发亮，好比一道道阳光。我们在小舟里一边儿划桨一边儿欢笑唱歌；我们在一阵疯狂的欢乐里跳进河水，在他的四周手舞足蹈，这时太阳升起来了，太阳在它神圣的愤怒红光里，从水边上向我们瞪着眼睛。

这少年像是一个儿童神，他张大眼睛注视我们的动作，惊异之感在深化，他的眼睛终于炯炯发光如晨星。他举起他那互相紧握的双手，用鸟儿鸣啭般的年轻声音，唱了一支赞美的歌，森林里万叶为之激动。以前从来没有用这样的绝妙好词为尘世的女人歌唱过，这些歌词就像从岑寂的山岭升腾起来的、对曙光的默默无言的赞美诗。女人们用双手掩住嘴巴，笑得摇摇晃晃，于是有一阵阵疑云掠过他的脸。我迅速地走到他的身边，我十分痛苦，俯首伏在他的脚边，说道："主啊，接受我的侍奉吧。"

我领他到芳草萋萋的河滩上，用我的绸罩衫的边缘擦拭他的身体，我跪在地上，用我下垂的长发揩干他的脚。当我仰起脸来，凝眸端详他的眼睛时，我以为我感觉到了世界上给予第一个女人的第一个亲吻。——我是有福的；天帝把我创造成为一个女人，天帝是有福的。我听见他对我说："你是哪一位未知的天神啊？你的抚摩是不朽的抚摩，你的眸子里自有子夜的神秘。"

啊，不，国王的顾问官，可别那么微笑，——老人啊，世故小慧的灰尘，蒙住了你的见识。然而这少年的天真单纯，却洞穿了雾霭，看到了辉煌的真实：神圣的女人。

啊，在第一次爱慕之情的严肃光辉里，我内心的女神苏醒过来了。泪水充满我的眼睛，晨光像姐妹一样抚弄我的头发，森林地里和煦的风，像亲吻花卉一样亲吻我的额角。

女人们拍着手，纵声作淫荡的大笑，她们的面纱拖在地上了，她们的头发松散地披将下来，她们开始向他抛掷花朵。

唉，我的纯洁无瑕的太阳啊，我的羞愧能编织起火红的雾霭，把你掩盖在雾褶里吗？我倒在他的足边喊道："宽恕我吧。"我逃走了，像一头受惊的鹿，穿过阳光和阴影，一边逃一边叫喊："宽恕我吧。"女人们邪恶的笑声，像一团劈劈啪啪地爆裂的火焰，咄咄地向我逼来，然而少年的话始终在我耳朵里鸣响："你是哪一位未知的天神啊？"

渡

一

我必须走的那一天，太阳破云而出了。

而天空凝望着大地，仿佛天神的惊讶。

我的心是悲伤的，因为它不知道召唤来自何方。

和煦的风，可吹来我留在身后的世界的低声细语？那儿的泪
水音乐正在消失于阳光灿烂的缄默里。

或者，和风可送来遥远的大海里岛屿的气息？大海正在盛开
未知花卉的盛夏里晒太阳呢。

二

市集结束了，他们穿过苍茫暮色回到家里去，

我坐在路边凝望着你划动你的船。

船横渡黑沉沉的水面，夕照在你的帆上熠熠生光；

我看到你沉默的人影儿站着掌舵，突然我瞧见你的眼睛在凝
望着我；

我丢下歌儿不唱了；大声呼唤你带我渡过河去。

三

起风了，我张起我的歌谣之帆。

舵手，坐下掌舵吧。

因为我的船急着要自由，要按着风和水的节奏跳舞。

白昼已尽，现在是黄昏了。

我的海滨的朋友们已经告辞离去。

松了链，起了锚，我们借着星光出航。

在我离开的此刻，风的动荡成了琤琤的音乐。

舵手，坐下掌舵吧。

一二

坚定你的信念吧，我的心，天会破晓的。

希望的种子深藏在泥土里，它会发芽的。

睡眠，像一个花蕾，会向阳光打开它的心，

　　　而沉默也会找到它的声音。

白天是近在眼前了，那时你的负担将变成礼物，

　　　你受的苦将照亮你的路。

一四

夜间，喧闹的声音疲倦了，空气里充满着大海的喃喃低语。
白天漂泊不定的欲望，回到点亮的灯的周围来休息了。
爱情的游戏静止了，转化为崇拜了，生的流水触到了深处，
　　而形式的世界也来到了它的巢里，——它美丽得超越了
　　一切形式。

一八

我知道，即使恋爱错过了成熟的时机，这一生也不是已经毁
　　了完了。
我知道，即使花朵在黎明时凋谢，流水迷失在沙漠里，它们
　　也不是已经毁了完了。
我知道，凡是背着迟缓的包袱，在这一生里落在后面的，也
　　不是已经毁了完了。
我知道，我的梦想依旧没有实现，我的乐曲正依附在你那诗
　　琴的琴弦上，依旧没有弹奏，它们也不是已经毁了
　　完了。

二八

像夏天的云那样来到我的身边，从天空到天空洒下你的
　　阵雨。

以你庄严的阴影加深山岭的紫红色，催促慵倦的森林早发繁
　　花，唤醒山涧远游探索的热情。

像夏天的云那样来到我的身边，以隐藏的生命的前程似锦，
　　以葱翠的欢乐，激励我的心吧。

二九

我遇到了你，在黑夜触及白昼边缘的地方，在光明惊动黑
　　暗、催它化为黎明的地方，在波浪把亲吻从此岸送到彼
　　岸的地方。

从深不可测的一片蔚蓝的心里，传来一声金色的召唤，我越
　　过泪水的黄昏，竭力凝视你的脸，可拿不准是否看见
　　了你。

三〇

如果我被爱情拒之门外，那么，为什么早晨心碎肠断，发为
　　歌唱，为什么南风把这些喁喁细语撒在新绿的叶丛里？
如果我被爱情拒之门外，那么，为什么子夜在有所渴望的沉
　　默里忍受着繁星的痛苦？
为什么我这颗愚蠢的心，竟轻率地把它的希望投到不知其边
　　际的大海里去呢？

三一

我的才能只有一部分是在这个世界里，其余都在我的梦
　　境里。
你老是回避我的抚爱，可你藏了你的灯，秘密地、默默无言
　　地来到我的梦境里。
借助于黑暗中的又惊又喜，借助于看不见的世界的低声细
　　语，借助于未知海岸的气息，我将了解你。
我心里突如其来的快乐，溶化为悲伤的泪水，我将借此了
　　解你。

三六

我黑夜扬帆来到人生的宴会上，早晨的金杯为我斟满了
　　光明。

我欢乐地放声歌唱，

我不知道是谁给斟的，

我也忘了问他的姓名。

中午时分，我脚下的尘土和头上的太阳都越发灼热了。

我渴不自胜，来到水井边。

有人为我倒了水。

我喝水。

我爱那甜蜜如吻的红宝石杯子，

我却没看见拿着杯子的是谁，也忘了问他的姓名。

我在疲倦的黄昏里寻路回家。

我的向导带着灯来招呼我。

我问了他的姓名。

然而我只看见他的灯光穿过寂静，只感觉他的微笑洋溢在黑
　　暗里。

四四

庆祝吧!

因为黑夜的脚镣已经砸破，梦幻已经消失。

你的世界已经撕破它的面纱，早晨的花蕾已经开放；沉睡的
    人啊，醒来!

光明的问候，从东方传播到西方，

在那毁坏了的监狱的壁垒上，腾起了胜利的凯歌。

四九

我在尘世的道路上丢失了我的心，可是你把它捡在你手
    里了。

我在寻求欢乐时搜集了哀愁，而你捎给我的哀愁却在我的生
    活里转化成了欢乐。

我的种种欲望都撕成碎片撒掉了，而你把它们收集起来，用
    你的爱情串连在一起。

我从这个门到那个门到处流浪之时，每一步都在把我引向你
    的大门。

五五

让你的爱荡漾在我的嗓音里，休息在我的沉默里。

让你的爱经过我的心，贯串于我的一切行动里。

让你的爱在我睡眠的黑暗里如星光照耀，

　　在我醒来时又蔚为黎明。

让你的爱在我的欲望的火焰里燃烧，

并且在我自己的一切爱情的激流里奔腾。

让我在我的生活里带着你的爱犹如竖琴带着音乐，并在最后

　　把你的爱连同我的生命一起还给你。

五七

我从宴会的大厦回到我的家里时，子夜的魅力使我血液里的

　　舞蹈安静下来。

我的心立刻变得寂静无声，像空无一人的、灭了灯的戏院。

我的心灵越过黑暗，站立在繁星之间，于是我发现我们正毫

　　无惧怕地游戏于天宫寂静的院子里。

五九

用不着推开什么人为你腾出地方。

爱给你准备座位时也给大家作了安排。

尘世的君王出现的时候，警卫来驱逐人群，可是，我的
　　　君王啊，你来临的时候，全世界的人都紧跟在你的
　　　后头。

六八

你的诗琴上有许多琴弦，让我在其中添上我自己的
　　　弦吧。

这样，你弹奏你的琴弦时，我的心就会打破沉默，我的生命
　　　就会同你的歌儿融为一体。

让我在你的无数繁星之间摆上我自己的小灯吧。

这样，在你那光芒节日的舞蹈里，我的心便将搏动不已，我
　　　的生命便将和你的微笑融为一体。

七一

我牢记我的童年，那时太阳初升，好像我的游戏的小伙伴，
　　常常带着每天早晨的惊喜之情闯进房间，直奔我的床
　　边；那时，对奇迹的信念，每天在我的心里像鲜花般开
　　放，我满怀单纯的喜悦，凝望着世界的脸；那时，昆虫
　　鸟兽，寻常的莠草，青草和云彩，各有其最充分的、奇
　　迹般的价值；那时，夜间潺潺的雨声带来了仙境的梦，
　　黄昏里母亲的声音说出了繁星的意义。
而且我还想起死亡，想起幕布升起，新的早晨来临，我的生
　　活在爱情的新鲜的惊喜里觉醒了。

七六

我感觉到我看见了你的脸，我在黑暗中放我的小船下水。
如今破晓微笑，花朵盛开。
然而，如果光芒黯淡、花朵凋零，我还是决心向前航行。
你向我发出默默无声的信号之时，世界沉沉入睡，黑暗是赤
　　裸裸的。

如今钟声当当地响，小船里载着黄金。

然而，如果钟声归于沉寂，我的小船变得空空如也，我还是
　　　决心向前航行。

有的小船开走了，有的还没有准备好，然而我决不滞留在
　　　后头。

篷帆张满了风，鸟儿从彼岸飞来。

然而，如果篷帆猝然落下，彼岸的讯息也没有了，我还是决
　　　心向前航行。

七七

"旅人，你上哪儿去？"

"我沿着两边植树的小径，到红色曙光里的大海上去
　　　沐浴。"

"旅人，大海在哪儿呢？"

"在这河水流完全程的地方，曙光化为晨光的地方，白天沉
　　　入黄昏的地方。"

"旅人，同你一起来的共有多少人呢？"

"我不知道如何一一点数。

他们点了灯彻夜旅行，他们穿过陆地和水面整天歌唱。"

"旅人，大海有多远啊？"

"我们都在问大海有多远哩。

我们的谈话归于沉寂时，海水怒吼奔腾，涌向天空。

大海似乎老是贴近而又遥远。"

"旅人，太阳正在逐渐炽烈啊。"

"是的，我们的旅行是漫长而又悲伤的。

歌唱吧，精神萎靡的人；歌唱吧，胆怯懦弱的人。"

"旅人，如果黑夜追上了你呢？"

"我们就躺下来睡觉，直睡到新的早晨带着歌儿透出曙光，
　　大海的呼唤在空中回荡。"

鸿鹄集

一

吉拉木河曲折的流水，

像一把弯刀在黄昏里闪闪烁烁，

渐渐沉没于黑暗之中。

白天落潮了，黑夜涨潮，

无数星星的花朵，

漂浮在黑夜的黑水上。

黑沉沉的山麓，

第奥达杉树成行矗立，

造化没法儿把它的讯息说清楚，

倒仿佛要在梦中低语。

只有未出声的声音纷至沓来，

在黑暗中隆隆地响。

在黄昏苍穹的浩渺空虚里，

我突然听到

声音如电光闪耀，

从远方散布到远而又远的天外。

翱翔的鸿鹄①啊，

你的翅膀因风暴的醇酒而陶醉，

撒下洪钟般欢笑的声音，

在宁静的天空掀起奇异的波涛。

这翅膀的音乐，

这天仙的歌唱，

疾飞而过，

搅乱了寂静中的冥想。

山岭在黑沉沉的睡眠里突然颤抖，

第奥达杉树林不寒而栗，

仿佛翅膀的音乐

顷刻间把运动的节奏

带到了怡然静止的内心里。

山岭渴望要变成

漫无目的的夏云，

树木要插上翅膀

追踪声音的痕迹，

寻找空间的终极。

长着翅膀的流浪者啊，

---

① 英译本为 Flying Swans。据此译为"翱翔的鸿鹄"（鸿鹄即天鹅）。孟加拉文里为 Hansa-balākā。在印度教信徒看来，翱翔的鸿鹄是人的灵魂飞往天上安息之所的象征。

打破黄昏的梦，

痛苦的波涛腾涌起来了，

渴望着天外。

在宇宙的心里回响着燃烧的诗歌叠句：

"不是这儿，不是这儿，而是遥远的天外。"

飞翔的鸿鹄啊，

今夜你们为我打开了寂静之门。

在她的面纱后面，在地上、空中、水里，

我听到了无休止的振翅鼓翼的声音。

青草在大地的天空里扮扮揪揪，

在大地孵化万物的幽暗里，

谁知道有多少万萌芽的种子

正在展开它们的翅膀？

今夜，

我看到这山岭、这森林

展开它们的翅膀，

从这个岛飞至那个岛，

从不知道的地方翱翔到不知道的地方。

同繁星的鼓翼相配合，

黑暗中光芒的呼声在跳动。

我听到人心的无数的声音，

无影无踪地飞翔而过，

从朦胧的过去飞至尚未开花的朦胧的未来。

在我自己的胸膛里，我听到了

无家的鸟儿振翅鼓翼，

它和无数别的鸟儿结伴同行，

昼夜飞翔，

穿越光明和黑暗，

从不知道的海岸到不知道的海岸。

宇宙的虚空里正回响着翅膀的音乐：

"不是这儿，不是这儿，而是遥远的天外。"

一①

如今破坏一切的神明②来了。

痛苦的海里，

洪水叫嚣，波涛汹涌。

闪电刺破殷红的云，

---

① 据英译者说，这首诗可作为第一次世界大战的预言读，因为不久以后，这场大战就爆发了。
② 指湿婆（Shiva），又名楼陀罗（Rudra），为印度三大神之一，系司破坏之神。

雷霆在森林边缘外轰鸣。

什么狂悖之徒

一而再、再而三地纵声狂笑?

如今破坏一切的神明来了。

如今生命沉醉于死亡的游戏。

尽你所有的一切欢迎他吧,

既不要左顾,又不要右盼。

什么也不要隐藏,

用你的额头轻叩他的双足吧。

如今破坏一切的神明来了。

把公路据为己有吧。

房间里黑了,火焰灭了。

风暴来了,在你房里扫荡。

基础都已经动摇。

你可听到

那来自天外的呼唤?

如今破坏一切的神明来了。

得了!别掉眼泪,

别吓得把脸都遮起来了。

是什么使你心惊胆战?

打破你的一切锁链吧,

冲向前去,

冲向欢乐和痛苦之外的地方。

你的声音里不会洋溢胜利的凯歌?

你的脚镯丁当,将同湿婆的舞蹈合拍?

这游戏你在劫难逃——

抛弃一切,

穿上你新娘的红裳,来吧。

如今破坏一切的神明来了。

三

我们大步前进,

谁会阻挡我们?

留在后面的人哭了,

他们就哭去吧。

我们攀登重重困难,

脚上流血,

在阴影里和阳光下,

我们奔跑向前。
但他们却将套在
他们自己的绞索里,
他们哭,他们就哭去吧。

恐怖之神吹着号角
召唤我们,
我们的头上回荡着
正午太阳的呼唤。
我的心灵在天空里展开,
我沉醉于光芒之泉。
但他们闭门闲坐;
他们将要眼花缭乱,
他们哭,他们就哭去吧。
山岭和海洋
我将征服,
寂寞的路吓不倒我,
因为神和我在一起。
但他们头晕目眩,
绕着自己的小圈子打转,
吓得不敢跨出家门。
他们为哭泣而召唤哭泣。

恐怖之神湿婆，

将吹着号角出现，

一切束缚将烧成灰烬。

他的旗帜将在风中飘扬，

而一切疑团均将消失。

我搅动着死亡的海洋，

行将取得永生的灵药；

而他们呢，依恋着生，

行将被死的圈套逮住！

四

你的号角埋在尘土里，

这事我怎么能容忍？

风寂了，

灯光暗淡了，

什么灾难威胁着我们？

愿意战斗的，

让他带着旗帜来吧；

有好嗓子的，

让他尽情歌唱吧；

愿意前进的，
让他奔跑吧；
无所畏惧的人啊，来吧！
你的号角遭到了忽视，
埋没在尘土里。

我捧着我要供奉的鲜花，
走在到庙宇去的道路上，
我要在白昼的尽头，
找一个和平的庇护所。
一线希望在我心里闪光，
一切创伤都将治愈，
我将洗尽一切污垢，
纯洁地从庙里出来。
但我在路上却发现
你的号角遭到了忽视，
埋没在尘土里。

我要点上我庙宇里的灯吗？
我要用玫瑰编成花环吗？
我想，我的斗争结束的时候，
我会找到安息，

而且还清一切债务，

在你的怀抱里找到温暖。

然后，静默的召唤，

突然从你的号角里响起来了。

啊，以你的炼金术点化我吧。

让灿烂的心的欢乐，

在辉煌的歌里激荡，

以你使人觉醒的召唤，刺破黑暗的核心，

把恐怖撒遍世界的四大部洲①。

今天，我将双手高举

你的胜利号角。

我知道，我知道，

睡眠将离我而去，

像七月的阵雨一样。

有的人会跑来援助我，

别的人会害怕得叫喊，

而睡眠的床会在恐惧中战栗。

因为今天你的号角

---

① 佛教世界四大部洲为胜神洲、牛贺洲、瞻部洲、俱卢洲。

就要欢欣鼓舞地吹响。

我曾向你寻求安逸，
我为此羞愧悚立。
啊，披上，给我披上
你的铠甲战袍。
尽管新的障碍重重，
猛烈的打击犹如雨下，
我将毫不畏缩地顶住，
而我的痛苦
将在你胜利的凯歌里回荡！
我将倾注全部力量，
胜利地紧握
你的号角。

六

你是帧画像，只不过是帧画像？
你不如遥远的繁星真实，
繁星丛集天空，遨游在黑暗里，
手里掌着灯；

你不如繁星千真万确？

唉，只不过是帧画像，仅此而已？

为什么你处于千变万化中而静止不动？

你这迷了路的人啊，

同旅行者一起走吧。

你为什么躲在你静止的圣堂里，

使自己老是离一切远远的？

像灰色大氅般飘扬的、

在旋风中疾卷的尘土，

长遍大地的青草，

它们都是真实的，因为它们在变在动。

但只有你是寂静的，不动的。

你是帧画像，只不过是帧画像。

你一度沿着大路在我们的身旁走动，

你四肢里生命的血液

唱了那么多的歌，跳了那么多的舞，

随着宇宙的脉搏跳动。

在这一生里，在我的世界里，你是多么真实，

是你，用你的画笔

塑造了美的灵魂，

是你，体现了世界的旋律的生命。

我们并肩同行的时候，

突然之间，你止步了，

消失在夜的黑暗里了。

从此以后，我日夜兼程，

穿过了许多欢乐和许多忧愁。

光明和黑暗的潮汐

无休止地奔腾，越过天空之海；

花朵列队游行，色彩绚烂生光。

生命的不息川流，对抗着死亡，

穿过上千条渠道，倾泻而成瀑布。

我的步子同未知神明的乐曲节拍一致，

从远方走到远而又远的天外；

大路上的欢乐使我着迷；

而当年你举步离开大路的地方，

如今你依旧在那儿等候。

你躲躲藏藏，

站在青草、尘土、繁星、明月和太阳的背后，

一帧画像，不过是一帧画像。

这是诗人的何等疯狂？

难道只不过是帧画像？

不，不，你不仅是一帧画像。

谁说你是静止的，流着无声的泪，

束缚在图画的线条里？

欢乐的红光收敛了，

河水的奔流停止了，

云霾抹掉了它写的金字。

如果你熠熠生光的头发的影子，

再也不在大地上飘拂，

那么，春天的风

不安地叹息着吹过森林，

也就失掉了它的意义。

难道我忘掉了你？

你已经在我的生命的根子上就位了，

所以我才忘了你。

我没精打采地沿着小径走去时，

我岂不忘记道旁的繁花吗？

我岂不忘记天上的繁星吗？

然而它们使人生的气息甜蜜，

并以美妙的乐曲填补遗忘的空虚。

不知不觉不等于忘记；

你不再出现在我的眼前，

可你已在我的内心就位。

所以，你是绿中的绿，

蓝上的蓝。

我的世界在你那儿找到了它的和谐。

我们不知道：你的精灵在我的歌里说话，

你是卜居在诗人心里的诗人。

你并不是画像，并不是画像而已。

好久好久以前我在黎明里找到你，

然后我又在黑夜里失掉了你。

如今在黑暗里，躲开一切，

我正在重新找到你。

你并不是画像，并不是画像而已。

七

泰姬陵①

沙扎汗皇帝啊，你知道

青春、光荣和财富

————————————

①这首诗写的是泰姬陵。沙扎汗皇帝十分宠爱他的皇后莫姆泰姬。她不幸死于分娩，
　沙扎汗建筑壮丽的泰姬陵纪念她。

全都在时间的流水里逝去。

或许可使心里的哀愁

不死不朽，

这就是皇帝的愿望。

让帝王权力的显赫荣华，

像夕照最后的霞光一样消失吧，

然而一声深沉的叹息，

也许能使诸天慈悲为怀，

这就是你的愿望。

你全部的金刚钻和珍珠的光辉，

像是彩虹，

在遥远的太空展示魅力；

如果珠光宝气暗淡了，就让它失色吧，

可是但愿这泰姬陵熠熠生光，

像是时间面颊上的一滴泪水。

人的心灵啊，

你没有时间回首返顾，

你沿着人生的流水从这个港口赶到那个港口，

在这个港口肩起重负，

又在那个港口卸下。

在南风的低声细语里，

开遍森林边缘的春花，

在黄昏来临之际，

给吹散到尘土里去了。

没有时间踟蹰踯躅。

因此孔达树在冬夜里重新开花，

以装饰泪水涟涟的秋天的喜悦之盘。

心啊，在白天穷尽的时候，

在黑夜穷尽的时候，

你必须把你攒积的一切留在道旁。

没有时间踟蹰和回顾，

皇帝，你焦急的心，

因而就希望借助于美的魅力

去偷窃时间的心，

你把花环投在她的颈子上，

便给了原是没有形式的死亡

一个不朽的形式。

岁月匆忙奔流，没有时间哀悼，

因而你就把你无休无止的号啕

囚禁在冷酷大理石的无声无息的罗网里。

月明之夜在你的密室里

你用以呼唤你爱人的昵称，

那些情意绵绵的低声呼唤，

你都在这儿留下了，

留在"无限"的耳朵里。

泪水盈眶的柔情蜜意，作为美的花朵，

已经在寂静的石块里盛开。

皇帝诗人啊，你心上的这梦中图画，

这新的《云使》①，

正以歌曲和节奏飞向那未见之地，

在那儿，你所热爱的皇后

已经同黎明的霞光、

慵倦黄昏的柔和叹息、

月光里莎米莉花的飘逸秀丽

合而为一，

已经同那非言语所能形容的、

饥饿的眼睛前往探索又受挫而归的

无涯国土合而为一。

你那美的使者，

躲过了时间的警卫，

永远在宣告：

"我没有忘记，

亲爱的人儿啊，我没有忘记。"

---

① 《云使》，印度古代大剧作家迦梨陀娑写的抒情诗，写的是一个被放逐的王子对他的妻子怀念和思慕之情。据说七百年前即已被我国翻译成藏文和蒙文。

皇帝啊，你已经去世了。

你的帝国已经消失，像一个梦，

而你的宝座也已经埋没在尘土里。

你的战士们的跫跫脚步，

一度曾使大地为之战栗，

而今对战士的回忆

都被德里尘土飞扬的风卷走了。

你的乐师不再歌唱，

乐队的曲调

不再同朱木拿河的潺潺水声唱和。

公主们脚镯丁当的乐声，

已在抛弃的宫室废墟里消歇，

如今再现于蟋蟀的哀鸣之中，

在静夜的黑暗里回荡。

而你那孜孜不倦的、忠于职守的使者，

不顾帝国的盛衰，

不问生和死的节奏，

以永远不变的丧失亲人者的嗓音，

世世代代地宣告：

　　"我没有忘记，我没有忘记，

亲爱的人儿啊。"

这是个谎话!

谁说你没有忘记?

没有打开记忆囚牢的大门?

你的心灵难道依旧

依恋着过去的黄昏朦胧?

难道还没有穿过那使人解脱的、忘记之路,

进入空旷的地方?

圣陵稳稳地矗立在大地的尘土里,

温柔地以记忆的纱幕遮盖着死亡。

谁能使生命静止不动?

天空每一颗星都在招呼它前进。

在常新的黎明的汹涌光芒里,

生命的呼唤从这个世界激荡到那个世界。

突破了记忆的束缚,

生命奔涌而出,

自由自在,毫无负担,

沿着宇宙的开阔大路前进。

皇帝啊,

没有一个帝国能够束缚住你,

强大的人啊,

这大海环绕的大地不能满足你。

因此在人生的宴会结束之时,

你把这个世界抛在脑后了，

你用你的脚踢开这个世界，

仿佛这世界是个破旧的泥罐。

你比你的事迹强大，

因而你那生命的战车，

一再把那些事迹遗留在车后。

所以，留下的不过是你的痕迹，

而你自己却不在这儿了。

不能鼓舞人前进的爱情，①

把御座放在寻常大路上的爱情，

感官色欲乐趣的诱惑

像道旁的尘土粘附在你双脚的周围。

凡此种种你都重新还给尘土了。

突然之间，不知不觉，随着风的吹拂，

生命的花环上掉下一颗种子，

①以下十多行诗句，泰戈尔自己也认为相当朦胧晦涩，一度曾打算在最后定稿中删去。可他又认为：诗人对自己写的诗，有时也会不大明白清楚的。一首诗，一经创作出来，诗人就成了局外人了，就像读者一样。不过他还是在给朋友的信中对这几行诗作了阐释："莫卧儿皇帝受到许多妻子的包围，他的爱情是一种颇为世俗的爱情——寻欢作乐的金屋是建筑在尘土上的。正因为他死得其时，皇后莫姆泰姬留下了一颗离别的悲哀种子，这种子落在欢乐花园的尘土里；种子没有变成尘土，却突破了过度奢侈的虚伪无常，发芽成长，盛开了花朵。至高无上的记忆，借助于其内在的品质，拥抱着一个命中该绝的客观现象，记忆就变成不朽的了。这记忆还怀着悲哀，宣告了另一个讯息：沙扎汗和莫姆泰姬都已消失了，但在他们一起旅行的道路上，尘土里，矗立着泰姬陵，它永远回响着那深藏在生命之心里的呼喊。"

落进你踩出脚印的尘土里。

你旅行到了遥远的地方，

这颗种子倒取得了不朽的生命，向高空生长，

并以庄严的旋律歌唱：

　"不论我望得多远，旅人总是不在那儿，

亲人没法儿把他留住，

帝国敞开道路让他自由离去，

山岳和海洋并不挡住他的去路。

今天他的马车正在黑夜的召唤下，

按着繁星的音乐奔驰，

奔向早晨洞开的大门。

我背着记忆的重担留在后面，

然而他并不在这儿，

他毫无负担，自由自在。"

八

伟大的河啊，

你那看不见的无声流水不断奔腾。

空虚被你无形的运动冲击得战战兢兢；

无物质的波涛汹涌尽管涌出了物质的泡沫；

光明倒从迅猛的黑暗中冲将出来了，

光明碎为五光十色的彩霞。

在混沌的旋风里，

太阳、明月、繁星升起而又消隐，仿佛气泡。

可怕的河啊，无家可归的流浪者啊。

你的奔腾中回响着无声的旋律。

你可频繁地听见天外"无限"的声音？

她的爱情是可怕的啊！

因此你是无家可归的。

你奔出去赴你的幽会——

你胸口的项链摇摇晃晃，

撒下繁星好比金刚钻。

你那蓬乱的浸透了暴风雨的头发

飘飘扬扬，遮黑了天空，

你那闪电耳环摇摇摆摆。

你的裙子

掠过波动起伏的庄稼；

那不安宁的森林里的绿叶和繁花，

从季节的盘子里

阵雨似的纷纷落下。

你迅猛前进，始终前进。

你从不返顾；

你所有的一切，你都用双手撒了出去，

可并不停步拾起或采集任何东西。

没有悲哀也没有困难扰乱你。

在一路欢乐里你把挣到的都花掉了。

在完满的时刻你一无所有，

因而你永远保持纯净。

在你双足的接触下，

大地上的尘土变得清洁了，

死亡像生命一样发出光来。

如果你疲倦了，

稍停片刻，

宇宙就会被物质阻塞，

物质就会堆得高耸云霄，

跛的，哑的，丑的，聋的，瞎的，

一切粗劣的物质都会聚拢来阻塞道路。

最小的原子会在积累的重压下腐烂，

而痛苦和毒药的标枪

会洞穿宇宙的心。

舞蹈者啊。天空的仙女啊。看不见的美啊。

你的舞蹈像是曼德基尼河①的奔流，

这河永远在死亡之浴里

更新而又净化宇宙的生命，

而诸天则在完美纯净中开花。

诗人啊！这海洋环绕的大地上

响彻着戏弄的、不断移动而又看不见的脚步的声音，

这大地使你的心很不安宁。

在你脉搏的每次跳动里，我都听到不安者的足音。

没人知道：在你的血液里，

海洋的波浪在跳舞，

森林的叹息在唏嘘。

今天，我记起了

我曾怎样无声地顺着时间的河水漂流而下，

从这个生命滑到那个生命，

从这个形式变为那个形式。

在夜间，在清晨，

我所接受的一切，

我以常新的礼物、常新的歌儿，

全都给出去了。

---

① 据印度神话，这是天上的河。

倾听啊！

河流潺潺谐鸣，

小船在波浪上起伏。

把你在岸上收集到的一切，

都留在身后吧，

让未来的声音

一阵冲激，

把你从过去的喧哗纷扰里拉将出来，

拉进无底的黑暗，

拉进无限的光明。

一○

亲爱的人儿啊，

今儿中午我给你捎去什么礼物？

一支黎明的歌？

唉，黎明在燃烧的太阳下逐渐消融，

我的疲倦的歌因而休矣。

朋友啊，

你来到我的门口，

白昼终了时你要什么呢？

而我又将捎给你什么呢？

黄昏的灯吗？

这灯光是为寂寞的角落的，

是为寂静的房间的，

而你要把灯捎到人们聚会的地方，

唉，灯在风中吹灭了。

我有什么权力给你一个礼物呢？

花朵或花环？它们在一天之内枯萎时，

你怎么能承受这沉重的负担？

不论我把什么东西放到你手里，

都会被你慵倦的手指忘记，

落到地上，

与尘土为伍。

倒不如

在你空闲的时候，

到我花园里踯躅，

一朵看不见的花的芳香，

被春风吹来，

会使你又惊又喜。

这是我给你的、意外的礼物。

信步走在我的林荫路上，

睡眠将袭上你的眼皮，

你将突然看到

黄昏的头发里降下一缕红光，

温和地掠过你的梦。

这红光便是我给你的无名礼物。

我最好的宝贝，

突然之间来了，

转瞬又消失了。

始终没有名字，

像旋律一样飘荡而过，

摸不着，叫不应。

朋友啊，

你行将接受的、

你并未请求的东西，

倒将是真正属于你的。

也许是水果，也许是歌儿，

尽管微薄，都是我亲自给的。

一六

巨大的宇宙纵声大笑，

尘土，砂子，
像是儿童玩着经常的、粗野的游戏，
永远在跳舞，合着拍子在跳舞。

人的无数看不见的思想和欲望，
在实体的号召下，为形式而疯狂，
变得心醉神迷，
渴望参加它们的游戏。
梦，飘飘荡荡的，惶惶惑惑的，
寻求着它的海岸。
落入模糊的无底的洪流，
那些要想紧紧依附大地的，
抓住木头或钢铁，
在那儿歇息片刻。
心灵的不懈努力凝结成为实体，
成为一个城市——
那可不仅是砖头和石头而已。

那些无家可归的、听不见的、往昔的声音，
向空虚低声细语，
在人们聚集的地方寻找我的声音。
那些灰黯的香客，

穿过阴影迈向光明。

一切无形无体的梦，

离开我心灵的岩洞跑出来了，

它们渴求形式，

出发横渡黑暗的沙漠。

在难以形容的光明里，

将有多少梦化为实体？

在那行将被忘记的日子里，

它们行将从那儿展翅飞翔。

什么诗人将在无意间发现它们？

那还没有看见的宫殿，

将耸立在什么神圣的土地上？

从什么大炮的硝烟里，

行将传来他的胜利呼唤？

一九

我曾经热爱世界，

把它包起来藏在我内心的无数皱襞里。

晨和夜的光明和黑影，

曾经淹没我的意识，

直到我的生命和我的世界合而为一。
我曾经热爱世界上的光明，
因此我热爱我这生命。
然而我也知道，
有朝一日我将离开这世界。
我的声音将不再在这空中开花，
我的眼睛将不再在这光明中沐浴，
我的心不会跑出去欢迎黎明，
繁星之夜也不会把她的秘密
低声送进我的耳朵。
有朝一日，
我将不得不最后一次看望她，
对她低声诉说我的告别的话。
那么热烈地思念恋慕她，
就像不得不同她全然断绝
一样的真实！
在生与死之间，
必须有个和谐的地方；
不然世界就不会微笑着
千年万代忍受这残酷的欺骗，
而她的繁星的一切光芒
也都会黯然失色。

二一

你们啊，你们竟不能等待！

严冬还没有走哩。

一听见谁的呼唤，

你们就发出了歌声？

发疯的查帕花啊，发狂的巴库尔花啊，

你们为谁好奇地急于冲将出去？

你们是冲向死亡的第一批花卉。

你们没有停下来想想

你们的时光还没有来到。

树枝间喧哗吵闹，

色彩和芳香在树林里燃烧。

推推搡搡，哈哈大笑，

你们发芽，你们开花，

你们落英，你们凋谢。

春天会及时到来的，

会在南风的涨潮上漂来的，

你们不肯计算着日子等待，

却立刻吹奏你们的长笛？

你们所拥有的一切
你们在流泪和欢笑之际
都沿着小径撒掉了。
啊，你们疯狂，你们浪费，
远远地听到春天的足音，
你们就直奔死亡而去，
去遮盖一路上的尘土。
你们不逗留片刻亲眼看看春天，
不过，在听到、看到春天之前，
你们的一切脚镣手铐都消失了。

二三

创造世界的泰初，
把海洋搅拌又搅拌，
这就冒出了两个女人，
一个是举世无双的美人厄巴希，
天堂里的仙女，
欲望之国的皇后；
另一个是善女人莱克希米，
世界的母亲，

天堂里登上皇位的女神。

厄巴希用火一样的
喧闹的春天之酒斟满酒杯，
偷走男人们的心，
打破它们的沉思默想，
把它们胡乱地撒在
盛开的鲜花里，
不睡不眠的青春之歌里。

莱克希米在清凉露珠似的泪水里，
给男人们的热情沐浴，
把他们带回
丰满秋天的安谧里，
天堂的祝福里，
把他们带回
永恒的庙宇里，
生与死的河水就在那儿合流。

二四

兄弟啊，

你可知道天堂在哪儿?

天堂没有起点，没有终点，

天堂也不是什么国家。

由于前几世行善积德，

我终于诞生在

大地母亲的怀抱里。

所以，天堂今天就体现

在我的身体里，

在我的爱和柔情里，

在我的心的叹息里，

在我的生存的欢乐和苦难里。

天堂以常新的色彩

游戏于生和死的波涛上。

天堂在我的心里，

找到了它的家，

在我的歌里，

找到了它的旋律。

它在充满天空的欢乐里

寻找着我。

因而号角

在大地的四角吹响，

在七海上回荡；
因而鲜花盛开，
在瀑布里和森林绿叶里
都有快乐的骚动。
天堂已经降生
在大地母亲的怀抱里；
这些消息在风中扶摇直上，
发出愉快的反应。

二五

春天曾带着喧闹的笑声
一度闯进我的院子，
并以其热情的接吻，
使森林绿叶不知所措。
如今春天悄没声儿地
来到我寂寞的茅屋。
默默无言地停留
在我的茅屋门口；
目不转睛地
凝望着远方，

远方的苍翠大地

正溶入一片蔚蓝里。

二九①

你独个儿时并不了解自己；

那时并没有路旁等候，

而承载着泪水的风，

并不从此岸吹到彼岸。

我来了，你的睡眠就消失了，

而欢乐的花到处盛开。

你使我在无数的花丛里开花，

又在一个千姿百态的摇篮里摇我晃我。

你把我撒在无数星星之间，

又重新把我捡起来抱在你的怀里。

---

① 孟加拉有一种古老的宗教联谊会，由波尔歌手们组成。他们拿着单弦琴，来往于乡村之间，唱着对天神的爱情之歌。歌手们称天神为"我的心上人"。他们崇拜天神，把天神当作情人和朋友，例如，他们唱道：
"啊，我到哪儿去找他，找我的心上人？
唉，自从我丢失了他，我穿过远远近近的地方，
到处漂泊寻找他。"
泰戈尔对这种农民歌手唱的歌儿很感兴趣，他自己写的歌曲里也回响着他们的情绪。

你把我藏在死亡之幕的背后，

你又常常重新把我找到。

我来了，

你的心就颤抖。

我来了，

生与死的风暴方兴未艾，

随之而来的是你的悲哀，

你的火一般的欢乐

和热忱的春天。

我来了，

因此你也来了。

看着我，

抚摸着我，

你感到了你自己的抚摸。

我的眼睛里是羞耻，

我的心里是恐惧，

一块面纱蒙在我的脸上。

我战战兢兢地瞧着你。

然而我知道，主啊，

你渴望着要和我相会；

不然的话，

一切太阳和星辰

都是白白创造出来了。

三〇

在这小小木筏上，

我将渡过生之河流，

暮色降临的时候，

我将丢掉木筏，不再管它。

让木筏漂走吧。

好一片阴影，好一片光明！

我是未知世界的一个巡礼者——

那就是我的欢乐。

未知世界激化而又解决

我的一切矛盾冲突。

已知世界刚把我紧紧束缚在它的罗网里，

未知世界就立刻出现了，

他使我目眩神迷！

未知世界是我的舵手，

我的救星！

我同他订下了盟约。

他的爱是可怕的，

他以他的恐怖打破我的恐惧，

他对老人的告诫是漫不经心，

他打破了贝壳，

解放了珍珠。

也许你沉思默想，探索往昔是否回来，

而木筏在沿着古老码头划动。

不，往昔不会回来。

你害怕未来的前途，

难道你是那么贫穷，

只有往昔才属于你吗？

一切桎梏都将砸烂，都将粉碎。

诗人啊！时钟响了，

结束你的盛宴吧。

波涛在涨潮中汹涌起伏。

未知世界还没有露脸，

我的心因此悸动不已。

未知世界将以什么形态来到我的面前？

他将以什么新的色彩

出现在什么海边上?

三六

啊，年轻的，常青的，

未成熟的，愚蠢的，

给那半死的输入生气吧!

让他们醉于血红的晨光，

要说什么就说什么吧。

鄙视他们的一切辩论，

你们兴高采烈地跳舞吧。

来吧! 啊，不守规矩的，常青的!

一只鹦鹉笼子在空中微微摇晃，

瞧! 那审慎而又成熟过度的鹦鹉，

用翅膀蔽目塞聪，

在锁着的笼子的幽暗里沉沉入睡，

静止不动，仿佛是在一帧画图里!

来吧! 啊，生气勃勃的，常青的!

没有人高瞻远瞩，

没有人看见

洪水泛滥、波涛滔天。

他们不想在这世界上行走，

他们把席子铺在地上，稳坐不动。

来吧！啊，自强不息的，常青的！

人人会劝你千万小心。

看见光芒突然闪耀到他们身上，

他们大声叫嚷："干吗捣乱？"

他们将在武器乒乓声中醒来，

丢下眠床跑出门去。

于是，在正确和错误之间

战斗开始了。

来吧！啊，顽强的，常青的！

桎梏女神的祭坛——

难道由它依旧永远耸立？

啊，狂怒的！打破门户吧。

用你的喧哗大笑撕碎天空，

高高挥舞胜利的旗帜。

把钱包倒空，

把你卓越的失败公诸于众。

来吧！啊，沉醉的，常青的！

做个无家可归的流浪者，

把大路抛在后面，

探明通向未知世界的小径。

危险横陈在前方，

就让悲哀作你的旅伴吧。

明白这一点，我的心跳起舞来！

别再在灰色的百年手稿里寻求箴言了。

来吧！啊，解放了的，常青的！

把孱弱、动摇、衰竭的一切扔掉，

把生命撒在没有止境的流水里。

你已经使大地

洋溢着绿色的醉意，

而你的光芒在破碎的云里闪耀！

把你自己的花环套在春天的脖子上吧。

来吧！啊，不死的，常青的！

三七

你，你这受贫穷折磨、看破红尘的人，

你可远远地听见死亡在骚动的声音？

你可听见鲜血从百万颗心里涌出来的呐喊和涛声？

从大火的洪流和剧毒的风云里，

传来船长的呼唤，

要驾船开往一个未知的海岸。

循环不息地买卖货物的时候，

在港口等候着，时间过去了，

欺诈堆积如山而真理之泉枯竭。

因而听到了船长的呼唤；

"驾船穿越风暴开往一个新的海岸。"

水手们拿着桨从茅屋里跑了出去。

水手从突然的恐惧中惊醒，他们问：

"黎明金色的大门将在何时开启？"

风暴的云霾四合，遮暗了天空，

没有人知道黑夜是否过去。

波浪在天边上高高汹涌。

人语喧哗中听得见船长的声音：

"向前，向前，前往新的海岸。"

谁跑出门去了？安逸的床铺空空的。

母亲号哭，爱人默默地站在门旁。

离别的恸哭声盖过了雷鸣和风暴。

"水手们，开船吧！"传来了命令，

"因为待在港口的时间过去了。"

海船被波浪颠簸着，穿越死亡，向前航行。

来不及问问航向哪个港口，何时到达，

水手们只知道：

不顾生死存亡，

要跟海浪搏斗，

掌稳舵，张满帆，

必须坚持不懈航向新的海岸。

那海岸是未知的，那国土是未知的，

那未知海岸的呼唤，

在风暴的声音里从这头响到那头。

穿过浓重的黑暗，

在驶向新生活的路上响起了死亡的歌。

在难以透视的黑夜里，

世界上的一切烦恼，

一切罪和恶，

一切眼泪和残酷，

都骚动起来了，泛滥到岸上来了，

正亵渎着诸天。

然而，无所恐惧的、受烦恼折磨的人们啊，

大地的呻吟在你们的耳边鸣响，

你们坚毅地接受过疯狂邪恶的日子，

灵魂里有的是毫不模糊的希望，

坚持不懈，航向新的海岸。

兄弟啊，你责备谁呢？

低下你的头来吧。

这是你的罪孽和我的罪孽啊。

千年万代留在上帝心上的溃疡——

弱者的懦怯，

强者的骄横，

贪心者的残酷的贪婪，

受害者的怨恨，

种族的骄傲，对人之神性的侮辱——

这一切终于都破碎爆裂了，

以其毁灭的风扫荡着大地和海洋。

让风暴怒吼，狂飙突起，

让世界上一切雷霆把它们自己消耗殆尽，

闭上你那贫嘴恶舌，遏制你那正直的自豪。

全神贯注，横跨这混沌的大海，

航向新世界的海岸。

我每天发现烦恼，

我遇到以各种伪装出现的罪恶；

不安的旋涡打搅着生活的流水，

死亡拥抱着整个世界，玩它捉迷藏的游戏。

它们以倏忽的大笑嘲弄着世界，它们全都逝去了。
如今它们把自己堆得像天一般高。
用毫不畏缩的心对待它们，跟它们说：
"怪物，我可不怕你！
因为我一生时时刻刻都在征服你！
我比你们更真实——我将抱着这个信念死去，
和平是真实的，善是真实的，
永恒的神明是真实的。"

如果不朽者并不居住在死亡的心里，
如果真理并不是同苦难战斗而得到的，
如果罪孽并不是死于自我暴露的羞耻，
如果骄傲并不粉碎于不胜负担的虚荣，
那么，驱使水手们跑出家门的希望又从何而来？
水手们好比繁星在晨光里跑向死亡啊！
那么宝贵的、英雄的血和母亲的泪，
难道将完全丧失在大地的尘土里？
难道不会赢得天国？
难道世界的司库不会偿还这笔债务？
难道黑夜的辛苦不会招来黎明？
在悲哀的黑夜里，在死亡的打击下，
当人突破他的肉体的束缚时，

难道上帝不会站在它的荣光里显圣?

三九①

宇宙万国的诗人啊,

你的太阳在一个遥远的海岸升起,

英国在它的胸膛上发现了你,

就把你当作是英国的了,

吻着你辉煌灿烂的额头,

把你珍藏在

树枝俄顷拥抱的森林里,

远离人间的露水晶莹的幽谷里,

那儿仙女跳舞、繁花盛开。

岛上园林里尚未响起

颂扬这初升朝阳的赞歌;

可是从"无限"传来了无言的呼唤,

诗人便从地平线上跃起,

在世世代代里时刻往上攀登,

以达到光荣的顶点,

---

① 这首诗是泰戈尔应莎士比亚学会之请,为纪念莎翁逝世三百周年而创作的。

启迪整整一个世界的心灵。

且看今朝
从遥远的婆罗多①海岸，
从婆罗多的椰子林里，
在一个世纪的末叶，
响彻着诗人的胜利之歌。

四三

为什么用烦恼糟蹋你自己？
难道欢乐和痛苦的游戏
必须沉重地压在你心上
像一块庞然大石？
你坐在谁的马车里驰下大路？
神将千秋万代拉紧着缰绳。

你作为婴儿投到你母亲的怀里——

①婆罗多：印度古名。

这日子已经过去了。
然后你在泪水和欢笑里
度过了青春的疯狂放纵。
及至夜间，灯点亮了，
当前的时刻便消失无遗。
而白日到了尽头时，
又将响起什么新的旋律？
在大路上旅行的人是没有负担的；
他们没有坛坛罐罐，没有钱包，
没有家庭，没有财产，
他们的身体是飘浮的云，
他们的心灵仿佛空中的旋风。

旅人啊，
弹你的竖琴，
奏一支进行曲。
浩瀚的大海是无边的，
但愿这好消息使你的心欣然起舞。
愿一路上每一步都带来
泪水和欢笑的花朵。
春天里自由自在的南风，
为你这无拘无束的人吹拂。

让我结束

这诞生入世，这形式的游戏。

白日已尽，黄昏降临，

让我披上我的新袍。

离别之际，让我回顾过去，

稍稍洒几滴眼泪。

在那未知的土地上，

新娘的幻影殷勤等待。

我那心的波浪跳跃而多情！

在那遥远的国土上，

光芒的长笛将演奏一曲，

不知在什么新的脸上

未知的花将微笑盛开。

这儿，我在一个露水滋润的早晨展示我的生命，

在竖琴上弹奏我的歌儿。

体现我整个儿人生的这一竖琴，

我知道，我必须把它留下。

可是琴声悠扬、充满着我的心，

我要把琴声随身带走。

在新的光明的海岸边缘上，

我要把这些歌儿唱给她听。
她经常和我在一起，左右着我的世界。
秋天里，
她戴上面纱沿着鲜丽花香的森林漫步，
春天里，
她以她的花环套在我的颈子上。

在小径转弯的地方，她突然出现，
孤独而又寂寞，
黄昏时分坐在平原上。
她这样的来了又去了，
饱和着痛苦的风，吹彻心灵的森林，
树叶籁籁的籁籁的响。

她在潮汐涨落的无穷交替中来了又去了；
一半儿微笑，一半儿流泪，
我们俩逐渐互相了解。
我永远不能同她一起建立家室，
却在敞开的大路上为她奋斗，
我用来来去去的绳索编织着，
编织着一个爱情的网。

四六

醒醒吧，我的心灵啊！

在婆罗多的海岸上，

各个种族的人都已聚到一起。

我站在这儿伸开手臂，

向人性之神谨致敬意，

吟唱庄严圣歌赞颂神明。

出于谁的号召无人知道，

漂来了人的河流，

流进婆罗多的大海里。

雅利安人，非雅利安人，德拉维达人，

匈奴人，帕坦人，莫卧儿人——

他们都在这儿化成一体。

今天西方已打开它的门户，

从此便捎来了各式礼物。

或给或取，

都将在婆罗多海岸上受到欢迎，

那儿各个种族的人都已聚到一起。

狂喜欢腾，唱着胜利的歌，

他们跨过沙漠和山岭来了，
他们全都居住在我内心里，
我的血液里响彻着他们各不相同的乐曲。
可怕的湿婆神啊，
让诸天回荡着你的音乐；
即使是我们鄙夷地疏远了的人们
也会聚集在你的周围，婆罗多啊，
那儿各个种族的人都已聚到一起。

有一天，这儿众人心里
响起了神明的启示：
在苦思冥想的烈火里，一切区别将被忘却，
而众人便锻炼成为一体。
环绕着祭献牺牲之火，
我们都必须垂首鞠躬、相聚一堂，
而且联合团结起来，
在婆罗多的海岸上，
那儿各个种族的人都已聚到一起。

在那牺牲之火里，
充血的苦难火焰红光灼灼。
心灵啊，忍受这苦难吧，

且听神明的号召。

征服一切羞耻，一切恐惧，

叫一切屈辱消失无遗。

在那受苦受难的日子尽头，

行将出现何等伟大的生活。

黑夜结束了，

伟大的母亲醒来了，

在婆罗多的海岸上，

那儿各个种族的人都已聚到一起。

来吧，雅利安人和非雅利安人，

印度教徒和伊斯兰教徒，

来吧，英国人和基督徒，

来吧，婆罗门，

净化你们的心灵，紧握大家的手，

来吧，被蹂躏的人们，

叫你们所有的屈辱的包袱全部消失。

别耽误了，你们大家都来吧，

来给母亲涂上香油，

在婆罗多的海岸上，

那儿各个种族的人都已聚到一起。

流萤集

《流萤集》来源于我的

中国和日本之行：

人们常常要求我

亲笔把我的思想

写在扇子和绢素上。

一

我的幻想是萤火——
点点流光，
在黑暗中闪闪烁烁。

八

蝴蝶计算的，
不是月份，
而是刹那，
蝴蝶乃有充足的时间。

一一

让我的爱情，
像阳光一样，

包围着你

而又给你光辉灿烂的自由。

一二

白天是彩色斑斓的水泡

浮游在深不可测的

黑夜的水面上。

一七

孩子们从寺庙的庄严阴暗里

跑出来，坐在尘土之中；

神瞧着孩子们玩儿，

把僧侣也忘掉了。

一九

在山中，寂静涌起，

以探测山岳自己的高度；
在湖里，运动静止，
以静观湖水自己的深度。

二三

固执竭力把真理掌握得安全，
却把真理扼杀了。
伟大黑夜鼓励一盏胆怯的灯，
倒点亮了夜间所有的繁星。

二五

上帝寻找志同道合的人，
求索仁爱；
魔鬼则搜索奴隶，
勒令服从。

二七

不朽犹如宝石，

并不夸口年代的久远，

却闪耀其片刻之间光芒熠熠。

四〇

云是雾气的山，

山是石头的云——

时间之梦里的一个幻想。

四四

今天我的心

对昨天的眼泪微笑，

仿佛潮湿的树木

在雨后的阳光里熠熠生辉。

四六

第一没有第二，便是空虚，
第二使第一真实可靠。

五七

我的花朵啊，
别在傻瓜的纽孔里
寻找你的天堂。

七二

灯熬过日长如年的怠慢，
期待夜间火焰的接吻。

八二

正如江河之入于大海，

劳在逸的深度里
觉察任务的完成。

八三

我在路上踟蹰不前，
直至你的樱桃树落花殆尽，
可是，我的亲人，杜鹃花带来了
你对我的宽恕。

九五

树木是属于今天的，
花是古老的，
花带来了无法追忆的
太古种子的消息。

九八

我今天的爱情，
在那被昨日之爱遗弃的巢里，
可找不到家啊。

一〇一

你已经从我能接触的范围里消失了，
只是在天空的蔚蓝里
留下一抹难以体会的笔意，
只是在黑影间吹拂的风里
留下一个看不见的形象。

一一四

露珠只是在它自己
小小球体的范围里
理解太阳。

一一六

沙漠囚禁在它自己的
无边无际的荒凉之墙里。

一一七

我在树叶的兴奋中
看到空气的无形舞蹈，
在树叶的闪光明灭里
觉察天空秘密的心跳。

一三一

云霾在黑暗中发愁，
竟忘记了
遮住太阳的就是它们自己。

一三五

图画——
那是阴影所珍藏的
一幅光的记忆。

一三七

甚至在讲出来的时候，
爱情依然是个秘密，
因为只有情人
真正明白他是她所热爱的。

一五五

贪图果实，
错过花卉。

一五七

树木里有所节制的火，
发为繁花；
无耻火焰摆脱约束，
便化为空空如也的灰烬。

一五九

充满天空的光明，
在草叶上一滴露水里
寻找它的局限。

一六三

孩子啊，
你给我的心带来了
风和水潺潺相激的声音，
花卉默默无言的秘密，

云的梦，
黎明天空惊讶的寂然凝视。

一六七

天空始终保持无限空虚，
以便大地在那儿
建筑梦幻的天堂。

一七〇

在含苞未放之际，
在甜蜜
尚未圆满的事物的心里，
美在莞尔微笑。

一七二

叶在花的周围，

叶沉默，花是叶的语言。

一七五

我的情人啊，
你的微笑像新奇花卉的芳香，
是单纯而又费解的。

一七八

真理爱它的界限，
因为它在边界上
遇到美。

一九二

信念是鸟，
它在黎明仍然黑暗之际，
感觉到了光明，

唱出了歌。

一九六

宗派主义者认为
他已把大海舀进了
他私人的小池塘。

二一九

寂静长夜里
我通宵听到
那漂泊无定的
早晨的希望
回来叩我的心扉。

二四一

光是年轻的,

那年深月久的光；

阴影生于片刻之间，

阴影一生出来就老了。

二四五

在人生的戏剧里，

我体会不了

我自己这角色的意义，

因为我不了解

别人所扮演的角色。

二五四

爱的礼物是不能赠送的，

它期待的是为对方所接受。

二五五

死亡来临时，对我悄悄说话：
"你的日子穷尽了。"
让我对他说：
"我不是仅仅生活在时间里，
我生活在爱里。"
他会问："你的歌会流传下去？"
我会说："我不知道啊，
我只知道我歌唱之时，
常常找到我的永恒。"

二五七

在到达我的旅途尽头之前，
但愿我的灵魂里
臻于万事俱备的境界，
留下我的躯壳
在那变化而又变化的潮流上
随着飘泊的芸芸众生浮游而去。

K·克里巴拉尼编选:《诗集》

一

来吧，朋友，下来踩在坚实的大地上，

别畏缩，别在昏暗中采集梦幻。

风暴在空中酝酿，闪电在抽击我们的睡眠。

下来，下到平凡的生活里来。

幻景的网撕破了，在乱石墙中安身吧。

七①

在你心慌意乱的激情的中流，你的生命受到诅咒的打击，冻
　　成了一块顽石，干净，冰凉，冷漠无情。

你投入大地原始的宁静深处，在尘土里洗个圣洁的澡。

你躺在无垠喑哑里，那儿残日下坠，像带籽的落花，要重新
　　萌芽，成为新的黎明。

草木的根须像婴儿的手指揪住母亲的乳房，你和它们一起感
　　受了太阳亲吻的激情。

夜间，疲倦的尘土之子重归尘土，他们的有节奏的呼吸，以
　　大地宽宏温柔的慈母之情抚摩你。
野草以亲密花环缠绕你。
生命的海浪拍打你，海上的涟漪即是绿叶飘动，蜜蜂飞翔，
　　蚱蜢舞蹈，蛾翼震颤。
世世代代，你俯耳谛听大地，数着那看不见的来者的脚
　　步声，在他的抚触之下，沉默如火如荼地化为
　　音乐。

妇人，罪孽把你剥得赤裸裸的，咒诅把你洗得干干净净的，
　　你已经升华而成一个完美的生命。
深不可测的黑夜的露珠，在你的眼帘上颤抖，常青岁月的苍
　　苔依附在你的头发上。

你的苏醒之中自有新生的奇迹和往昔的奇迹，
你年轻如新的花朵，又古老如山岳。

---

① 在印度神话里，阿赫里耶是梵天所创造的第一个女人。她和雷天有私情。她的丈夫
　盛怒之下把她变成了一块顽石。后来英雄罗摩来了，在他抚触下，阿赫里耶恢复了
　原形。这首诗写的便是这件事。

一五

你将默默地居住在我的心里，犹如满月居住在夏夜里。

你悲哀的眼睛将在我的流浪之中注视我。

你的面纱的影子将逗留在我的心上。

你的气息将像夏夜的满月在我的梦上翩跹，使梦境芳香馥郁。

一九

我把我的心扔在世界上，你把它捡了起来。

我求索欢乐却收集到哀愁，你给我哀愁我却发现欢乐。

我的心碎成一片片的，被撒掉了，你把它们捡在手里，用爱的绳子串连起来。

你让我挨家挨户地流浪过去，使我明白我最后离你多近。

你的爱把我投入深深的烦恼。

我抬起头来时发现我正在你的门前。

三八①

我诞生在这土地上，我有幸热爱这土地，我是有福的。

她并不拥有王家的宝库，我倒不在意，她的爱乃是活的财
　　富，对于我就够宝贵的了。

对我的心，最好的芬芳馥郁的礼物，来自这土地上的花朵；
　　我不知道还有照在何处的月光，能以这样的美丽涌满我
　　的身心。

展示在我眼睛里的第一道光辉，来自这土地的天空，让这同
　　一道光辉，在我的眼睛永远闭上之前，再亲吻它们。

三九

　　洪水终于涌上
　　你干涸的河床。

---

①三八、三九、四〇、四二、四三这五首诗都是诗人在孟加拉自治运动期间写的。

呼唤舟子，

斫断缆索，

放船下水吧。

拿起你们的桨来，我的伙伴，

你们的债务越发重了，

因为你对买卖犹豫不决，

在码头上浪费了光阴。

拉起锚来，

张起帆来，

莫管它风云不测。

四○

如果他们不响应你的号召，径自走开，

如果他们害怕，畏畏缩缩，默默面壁，

不幸的你啊，

你就敞开思想，独自大胆地讲出来吧。

如果他们转过身子，经过荒原时背弃了你，

不幸的你啊，

你就把荆棘踩在脚底下，

沿着血迹斑斑的路独自前进吧。

风狂雨暴的惊扰之夜，

如果他们不举起灯来，

不幸的你啊，

你就用痛苦的雷霆之火点燃自己的心，

让它独自燃烧吧。

四二

也许你所爱的人们会抛弃你，我的心啊，你可不要介意。

也许你的希望之藤蔓会被扯断，丢在尘土里，果实也给糟蹋
　　了，——我的心啊，你可不要介意。

也许在你到达大门之前黑夜就追上了你，而你想点上灯的种
　　种努力，也始终是徒劳的。

你弹奏竖琴的时候，荒野里的鸟兽都成群地围着你。也许你
　　的兄弟们依旧无动于中，我的心啊，你可不要介意。

墙是石头砌的墙，门也都闩上了。也许你敲了又敲，门仍旧
　　不肯开启，——我的心啊，你可不要介意。

四三

让我祖国的大地和流水、空气和果实美好起来吧，我的上帝。

让我祖国的家庭和市场、森林和田野繁荣起来吧，我的上帝。

让我祖国的誓约和希望、行为和言论真实起来吧，我的上帝。

让我祖国儿女的生活和心灵合一起来吧，我的上帝。

四六

我在我的琴弦上反复寻找能同你和鸣的音调。

单纯的是早晨的觉醒与河水的流动，单纯的是树叶上的露水，云里的色彩，江边沙滩上的月光，以及午夜的阵雨。

我为我的歌寻求类似的单纯而又丰满的音调，新鲜、生气勃勃，又古老如宇宙、人人知晓的音调。

然而我的琴弦是新配的，发出的音调像新矛一样尖锐、激越。

因此我的歌从来没有风的神韵，从来不能和天空的光芒打成
　　一片。

我的努力确是鞠躬尽瘁，我无休无止的曲调竭力要淹没你的
　　音乐。

<h2 style="text-align:center">五〇</h2>

太阳照耀，阵雨倾泻而下，

叶子在竹林里熠熠生光，

空气里充满了新耕过的大地的气味。

我们从早到晚辛辛苦苦耕地，

我们的手强壮，我们的心欢乐。

诗人的心灵在摇曳的韵律中舞蹈，

沿着牧场，写下一行行苍翠的诗句，

在成熟的稻田里荡漾出激动人心的涟漪。

在十月阳光灿烂的时辰，在无云的满月之夜，

大地的心是欢欢喜喜的，

当我们从早到晚辛辛苦苦耕地的时候。

五一①

你统治着一切人的心，
你掌握着印度的命运。
你的名字
唤醒旁遮普、信德、古吉拉特、马拉塔的人心，
唤醒达罗毗荼、奥里萨、孟加拉的人心，
它在文迪亚和喜马拉雅的群山中回响，
混合在朱木拿河与恒河的音乐里，
被印度洋滔滔波涛高歌称颂。
它们祈求你的祝福，为你吟唱赞歌，
你掌握着印度的命运，
胜利，胜利，胜利属于你。

日以继夜，你的声音从这儿传到那儿，
呼唤印度教徒、佛教徒、锡克教徒、耆那教徒、袄教徒、
伊斯兰教徒、基督教徒，都聚集在你的宝座周围，
自东徂西把献礼送到你龛前，
以便编成一个爱的花环。

---

① 这首诗在印度独立后曾被选为国歌。

你使众人的心融合成一个和谐的生命，

你掌握着印度的命运，

　胜利，胜利，胜利属于你。

永恒的战车驾驶员，你驱策着人类的历史

沿着国家兴亡的崎岖道路前进，

你的号角在一切忧患和恐怖中吹响，

以鼓舞那些失望和垂头丧气的人，

并在冒险和朝圣的路上引导众人。

你掌握着印度的命运，

　胜利，胜利，胜利属于你。

当凄凉长夜黑暗重重，

国家昏迷地沉沉入睡，

你用母亲的双臂拥抱她，

你清醒的眼睛俯视她的脸，

直至她从压迫她心灵的

黑沉沉的噩梦中解救出来，

你掌握着印度的命运，

　胜利，胜利，胜利属于你。

夜尽天明，太阳从东方升起，

众鸟鸣啭，晨风带来新生活的熙熙攘攘。

承受了你爱之金光的抚摩，

印度苏醒了，低头伏在你的足下。

你是万王之王，

你掌握着印度的命运，

胜利，胜利，胜利属于你。

五四

我的心，被你诗歌的火焰点燃了，

蔓延开来，漫无止境；

在空中手舞足蹈，把死去的和腐朽的烧个干净。

沉默的星辰越过黑暗向它凝望。

沉醉的风从四面八方朝它涌来。

这火啊，像一朵红莲，

在黑夜的心里舒展花瓣。

五九

你的召唤已经迅速传遍世界各国，

人们已经聚拢在你的宝座周围。

　　这一天来到了。

　　可印度在哪儿呢？

她依旧躲躲藏藏，落在后面？

让她肩负起重任，跟大家一同前进吧。

万能的上帝，把你的胜利的消息传给她，

　　啊，永远觉醒的主！

那些同苦难对抗的人们，

已经越过死亡的旷野，

已经粉碎了他们的幻想之狱。

　　这一天来到了。

　　可印度在哪儿呢？

她那怠惰的手臂是无所事事的和惭愧的，

她的日日夜夜是没有效益的、了无生趣的。

以你生气勃勃的呼吸触动她吧，

　　啊，永远觉醒的主！

新时代的朝阳升起来了，

你的庙堂里香客满座。

　　这一天来到了。

　　可印度在哪儿呢？

她被剥夺了座位，

蒙垢受辱躺在尘土里。

洗雪她的耻辱，在人的大厦里

给她一个座位吧，

　　啊，永远觉醒的主！

世界上的大路是拥挤的，

响彻着你那车辆的轮声隆隆，

旅人的歌声使天空为之震动。

　　这一天来到了。

　　可印度在哪儿呢？

她那古老房屋的门户是紧闭着的，

她的希望是渺茫的，她的心沉没在缄默里。

把你的声音传给她的哑口无言的子女吧，

　　啊，永远觉醒的主！

各民族的人民在他们的心灵和肌肉里

感觉到了你的力量，

因而征服了恐惧，

赢得了生命的圆满成功。

　　这一天来到了。

　　可印度在哪儿呢？

挥拳打掉她的自我猜疑和灰心失望!

　　从害怕被自己的黑影跟踪的恐怖中把她拯救出来吧,

　　　　啊,永远觉醒的主!

六一[①]

你赋予我们生存的权利,

让我们用全部力量和意志保持这份光荣,

因为你的荣耀基于我们生存的光荣。

因而我们以你的名义反抗权力,这权力竟想把它的旗帜插在
　　我们的灵魂上。

让我们明白:你的光明,在忍受束缚之辱的心里,会变得黯
　　然无光,

生命在变得软弱之时,就会胆怯地把你的宝座让给虚伪,

因为怯弱是出卖我们灵魂的叛徒。

让我们向你祈求:

在逸乐奴役我们的地方,给我们力量反抗逸乐,

[①] 这诗原来有个题目:《印度的祈祷》,是泰戈尔在 1917 年国大党加尔各答支部开会期间写的。

向你高举我们的忧愁如盛夏高举正午的太阳。

使我们坚强，使我们的礼拜在爱中开花，在工作中结果。

使我们坚强，使我们不去侮辱那软弱的和跌倒的，

使我们在周围万物都向尘土献媚时高高举起我们的爱。

他们假借你的名义，为了自私自利而战斗、杀戮，

他们为争吃兄弟的肉而格斗，

他们对抗你的愤怒，打斗而死。

可是让我们站得稳稳的，坚强地忍受一切，

为了真，为了善，为了人性中的永恒，

为了你那众心合一的天国，

为了灵魂的自由。

七五

夜间，梦想者
在你路边踽踽独行，
不要请他到你家里去。
他的说话是异乡的口音，
他在单弦琴上弹奏的
调子是奇异的，
无需为他铺设座位，

他黎明前就要离开。
因为他受到邀请
出席自由的宴会,
歌颂新生的光明。

七六

节日音乐的笛声
飘浮在空气里,
这不是我独坐沉思的时光。
花时已近,秀丽花
为之兴奋,战战兢兢,
而露水的爱抚遍及林野。

在林中小径的幻网上,
光和影互相试探摸索,
修长野草凭借花朵把笑浪送上天去,
我遥望天涯,寻觅我的诗歌。

八〇

以你的眼睛饱尝"美"的川流上
潺潺腾起的色彩缤纷，
想逮住它们是徒然的。
你怀着欲望追逐的是个影子，
使你生命之弦颤动的才是音乐。
众神聚会时喝的醇酒
没有形体也无法衡量，
它是在奔腾的溪流里，
在开花的树木上，
在黑眼角上跳动的微笑里，
你自由自在地品味欣赏吧。

八一

你是我生命海岸上的曙色中一抹金黄闪光，
第一朵白净秋花上的一滴露珠。
你是从遥远的天空
俯向尘土的一道彩虹，

一片白云托着的

新月的梦，

你是偶然向人间泄露的

天堂的机密。

你是我的诗人的幻景，

出现在我早已忘怀的

呱呱坠地的日子里，

你是那永远不准备说出口的话，

那以镣铐形态到来的自由，

因为你为我打开大门，

让我深入生气勃勃的光明之美。

八八

世界今天因仇恨而精神错乱、发疯发狂，

冲突是残酷的，痛苦连绵不断，

道路曲折，贪婪的束缚错综复杂，

万物都在呼求你的新生，

啊，生机无限的你，

拯救他们，发出你永恒的希望之声，

让蜜汁无穷无尽的、爱的莲花

在你的光明里展开它的花瓣。

啊，安宁，啊，自由，
以你无量的慈悲与善良，
从这世界的心上抹掉一切污点吧。
你赐予不朽的礼物，
给我们克制的力量，
向我们索回骄横之气。
在旭日初升的智慧光辉里，
让盲者复明，
让生命进入死去的灵魂。

啊，安宁，啊，自由，
以你无量的慈悲与善良，
从这世界的心上抹掉一切污点吧。

由于骚乱不安的狂热，
自私自利的鸩毒，没有止境的渴望，
人的心是痛苦的。
四面八方的国家，都在额上
闪耀着血红的仇恨的记号。
伸出你的右手抚摩他们吧，

使他们在精神上合一，

把和谐、美的韵律，

带到他们的生活里去吧。

啊，安宁，啊，自由，

以你无量的慈悲与善良，

从这世界的心上抹掉一切污点吧。

九四

我的心灵悠然追随那漫游在远方天空下的帕德马河①起伏蜿蜒。河的那一边绵亘着沙滩，以其庄严的荒凉目空一切，对生气勃勃的世界无动于中。

河的这一边是密密麻麻的翠竹，芒果树，古榕树；倾圮废弃的茅舍；树干粗壮的老菠萝蜜树；池塘斜坡上的芥子园；小巷旁沟渠周围的藤丛；留连那寂静时光的、靛青种植园的断墙残垣，一行行木麻黄在这废园里日日夜夜喁喁低语。

---

① 帕德马河，又称莲花河，恒河流经孟加拉境内时的名称。泰戈尔早年常在这河上泛舟，眺望家乡；而珂佩河是一条小河，离他的住处很近。

拉杰班希人卜居在这儿，附近裂成锯齿形的河滩，给他们的
　　山羊充当了贫瘠的牧场；毗邻的高地上，市场仓库的瓦
　　楞屋顶始终凝望着太阳。
整个儿村庄战战兢兢地站着，经常忧心忡忡，为这无情的
　　河流。

这骄横的河流，古代典籍上记载着她的名字；恒河神圣的激
　　流在她的血管里奔腾。
这河遗世独立。对于她流过的家宅，她只是容忍而并不认
　　可，她的仪态万方之中感应着山岳庄严的沉默和海洋辽
　　阔的寂寞。
有一回我把我的小舟停泊在河中幽僻岛屿的斜坡下，远离一
　　切俗务。
我在拂晓晨星闪耀之前便睁开眼睛，又在大熊星座高照的屋
　　顶上落入睡眠。
漠不关心的河水在我孤独凄凉的日子旁边奔流而过，正如旅
　　人在道旁人家的悲哀和欢乐面前经过，却不受感染、无
　　动于中。

如今我在青春将逝的日子里来到这儿的平原上，它阴沉灰
　　黯，连树木也没有，只容许一小块孤立的地方涨绿泛
　　翠，那就是浓荫覆盖的山达尔村。

我有小小的珂佩河作我的邻居。她缺少古老望族的显赫门
　　第。她原始的姓氏是同无数世代的山达尔妇女的欢笑闲
　　谈混杂在一起的。

她和村庄亲密无间，土地和流水之间并没有不睦的隔阂，她
　　轻易地把此岸的悄声低语传达给彼岸。开花的亚麻田可
　　以像秧苗青青的稻田一样和她恣意接触。

凡是道路到了她水边猝然转折的地方，她都娴雅地让行人跨
　　过她晶莹的潺潺溪流。

她的话是平民百姓的话，而不是学者的语言。她的节奏同土
　　地和流水是同宗同风的，她漂泊无定的清流，并不嫉妒
　　大地上金黄翠绿的财富。

她的体态是苗条的：她以轻快的节奏拍着双手，弯弯曲曲地
　　在光芒与阴影中滑翔而过。

在大雨里，她的四肢便撒野了，正如喝醉了麻胡酒的村姑的
　　手足一样；然而她即使放浪形骸也不冲破或淹没毗邻的
　　土地，只是在她纵声大笑着奔跑的时候，以其回旋的裙
　　子戏拂两岸而已。

仲秋之日，她的水变清了，她的水流变细了，显露出水底砂
　　粒苍白的闪光。她不为匮乏感到羞愧，因为她的财富并
　　不狂妄，她的穷苦也并不卑贱。

流水在不同的心情里都保持着自己的美德，倒很像是个姑
　　娘：跳舞时浑身珠光宝气，静坐时眸子里有倦怠之色，

朱唇边有一丝慵懒的笑意。

珂佩河在她的脉搏的跳动之中找到了同我的诗歌的节奏相似
　　的东西；而我的诗歌的节奏，同富有音乐性的语言，同
　　充塞于劳碌的人世间的龃龉琐事，结成了伙伴关系。
珂佩河的韵律，使那带着弓箭信步漫游的山达尔男孩不失所
　　望；同载着稻草去市场的车子的隆隆声也谐韵合拍。这
　　韵律同陶工的气喘吁吁相应相和，他一条扁担挑着两筐
　　陶器，他宠爱的丧家之犬亲热地追逐着他的影子；这韵
　　律同乡村教师疲倦的脚步也步调一致，他一个月挣三个
　　卢比，头顶上撑着一把破伞。

九七

你转过脸去，消溶于往昔里，
千年纱幕便垂落在你我之间。
在胆怯疑惑的黄昏里
迷失了爱情小径的人们
都像幽灵似的住在往昔里。
分隔我们的空间是很窄的，——
小溪在汩汩声中织出了

我们分别时刻的回忆，

你临去跫音的哀伤。

而我所能献给你的，

只有未倾诉的爱情的音乐，

让它跟着你消失无遗。

一〇〇

山达尔女人在木棉树下砾石小径上急急忙忙地来回走动；一
　　件粗糙的灰色纱丽紧紧地缠在她黧黑而结实的苗条身体
　　上；纱丽的红边，使出妙焰花般火红的魔术，在空中飘
　　飘拂拂。

神思恍惚的设计之神，当年用七月的乌云和闪电制作一只黑
　　鸟的时候，必定是不知不觉间即兴塑出了这一女人的形
　　体，激动的翅膀则深藏在内心里，轻捷的脚步因而把妇
　　女的步态和鸟儿的飞翔之势结合在一起了。

漆镯戴在造型优美的手臂上，一篮松土顶在脑袋上，她在木
　　棉树下掠过砾石小径。

留连不去的冬天已经完成了使命。偶然吹来的南风正在开始
　　逗弄严峻的寒冬腊月。金冬树枝上的叶子已露出枯萎时
　　的绚烂金色。成熟的果实缀遍余甘树丛，莽孩子聚在那
　　里你抢我夺。成堆的落叶和尘土，随着突如其来的变幻
　　不定的风，阴森森地旋转跳跃。

我的泥土茅庐已经动工了，工人们正忙于垒墙。遥远的汽笛
　　声宣告火车正在驶过路堑，邻近的学校里也传来了铃声
　　丁当。

我坐在露台上遥望这年轻妇女一小时又一小时地辛勤劳动。
　　我心里深感羞愧，我觉得，这妇女的劳动，是神圣地注
　　定为她所敬爱的人们服务的，而我却借助于几个铜板把
　　它夺过来了，用市场价格把它的庄严玷污了。

一〇二

　　　　在混沌时代的黎明里，
　　　　上帝藐视他自己的技艺，
　　　　对他原始的成就猛烈摇头；
　　　　阿非利加啊，

这时一阵急躁的波涛，

把你从东方的胸膛疾卷而去，

把你关在大树警卫的

暗淡无光的密栅里去沉思默想。

你在那深邃隐秘的黑洞里，

慢慢地储藏

旷野的令人困惑的神秘，

钻研难以索解的地和水的信号，

而自然的神秘魔术又在你心里

激起了意识界之外的魔幻礼拜。

你乔装残疾畸形来嘲笑那可怕的，

你模仿威灵显赫的暴力，

让自己显得可怖，以征服恐怖。

唉，你隐藏在一块黑纱之下，

黑纱使你的人类尊严黯然失色，

竟成为被鄙夷的黧黑幻象。

带着捉人囚笼的猎户们向你偷袭过来，

他们凶猛，比豺狼的牙齿还要厉害，

他们骄横，比幽暗的森林还要暗无天日。

文明人野蛮贪婪，彻底暴露了无耻的不人道。

你哭了，可你的号啕给压抑住了，

你的森林小径被鲜血和泪水浸成了泥泞。

众强盗的钉靴

在你奇耻大辱的历史上

踩下了洗雪不掉的痕迹。

而海洋的那一边却始终是：

教堂的钟声在城乡鸣响，

儿童在母亲的怀中安睡，

诗人在吟咏美的颂歌。

今天，西方的地平线上，

夕照的天空里充塞着尘土的风暴，

野兽爬出黑暗的兽穴，

用凄凉的号叫宣告白天的死亡。

来吧，你这致命时刻的诗人，

站在这被蹂躏的女人的门口，

恳求她的宽恕吧，

在这大陆病重昏迷之际，

让这话成为一句最后的伟大的话吧。

一〇七

我的心灵从"遗忘"的黑洞里

情人的礼物——泰戈尔抒情诗选 | 315

被释放出来，觉醒过来，感到万分惊讶：
心灵发觉自己竟置身于
喷射着侮辱人类的、窒息之气的
地狱烈火的喷火口上；
心灵目睹了"时代精神"漫长自杀的痛苦，
经历着比死亡还惨的
畸形丑怪的痉挛。
这边是野蛮的挑战，
陶醉于谋杀的咆哮，
那边是胆怯的列强，
小心看守的财富束缚了它们的手脚，
操之过急的破裂失算以后，
便逆来顺受地安于沉默的安全。
在古老国家的会议室里，
计划和抗议都在审慎紧闭的双唇间压扁了，
同时，天空中飞过兀鹰似的机群，
发出炽烈的咒骂，
挟带着贪吃人类内脏的飞弹。

坐在永恒宝座上的可怕的审判者啊，
给我权力，
给我雷霆般的声音，

使我可以把咒诅投在那可憎的
连妇女儿童也不放过的吃人生番身上，
使我的责备的话永远摇撼
这一自侮自辱的历史的脉搏，
直至这被窒息被束缚的时代
在灰烬里找到它最后安息的眠床。

一〇八

战鼓敲响了。
人们咬牙切齿，
脸上竭力作出可怕的模样；
在跑出去为死亡肉库搜集人肉之前，
他们整队走到大慈大悲的佛陀庙里，
祈求佛陀的保佑，
而战鼓正在隆隆地大敲大擂，
大地战战兢兢。

他们祈求成功，
因为他们必须在身后造成哭泣和哀号，
割断爱的纽带，

把旗帜插在荒凉家园的灰烬里，

蹂躏文化中心，

破坏美的神殿，

穿过绿原和闹市，

用猩红鲜血标明他们的踪迹，

所以他们整队走到大慈大悲的佛陀的庙里，

祈求佛陀的保佑，

而战鼓正在隆隆地大敲大擂，

大地战战兢兢。

每逢杀伤千人，

他们总要吹响胜利号角，

引起魔鬼欢笑，让魔鬼看到

妇女儿童鲜血淋漓的断肢；

他们祈求能以歪理蒙蔽人们的心灵，

毒化神明芬芳馥郁的气息，

所以他们整队走到大慈大悲的佛陀的庙里，

祈求佛陀的保佑，

而战鼓正在隆隆地大敲大擂，

大地战战兢兢。

一〇九

我的生日！

手里拿着死亡的护照，

从它所潜入的"无"的裂口里冒出来，

到生存的边缘上呼吸一会儿。

过去岁月的念珠，从腐朽的链子上掉落了，

又随着这个最新的生日，

开始细数

一个新生生命的时光。

我是一个匆匆过客，

一颗不相识的星辰

招呼我走上未经探查的旅程，

我竭力研究这星辰在清晨的信号；

今天献给我的欢迎

是被我的生日和

我的死期平分的，

两者的亮光互相混合，

犹如晨星和残月互相辉映，

我将向死亡和生命，

向两者唱同样的颂歌。

允许我，大地母亲，
让我那产生于焦灼渴望里的生之幻景
退到最远的天涯海角，
让我肮脏的讨饭碗
把它收集来的秽物倒在尘土里；
当我启程渡往情况不明的彼岸时，
让我决不向人生筵席的最后残肴
作恋恋不舍的回顾。

如今白昼已尽、薄暮昏睡，
过去你用以鞭策我拉动人生之车的
那刀刃般锋利的饥饿，失去了意义，
你就开始一件件地从我这儿收回你的礼物。
你对我的需求逐渐少了，
你用得着我的地方也少了，
你在我额上打下了丢弃的烙印。
这些我都感觉到了，然而我知道，
你对我的一切侮辱
不会把我的价值贬低到零。

如果这是你的意旨，那就让我残废吧，
从我的眼睛里抹掉一切光明，

把我裹在衰老体弱的阴影里吧，

然而，在我那生存的破庙里，

古老的神明依旧安坐在宝座上。

你大肆破坏，堆积起残骸碎片，

然而，在这废墟之中，

内在欢乐的一点光明，

将依然燃烧得亮亮的。

因为它受到天上醇酒的哺育，

那酒是众神通过种种声色倾泻在大地上的，

我曾经热爱过这一切，

而且讴歌了这爱，

这爱抬举我超越你的界限，

即使爱的语言因经常使用而逐渐无力，

这爱可是永久长存的。

芒果花的花粉，

露水沁凉的合欢花的芳香，

破晓时分唤春鸟的啁啾，

爱人欢天喜地的爱抚，

在我这爱上都曾印过它们的亲笔签名。

大地啊，当我向你告别的时候，

把你赐给我的一切，把我一生逗留期间的衣食，

仔细清点，悉数收回吧，

然而，你别以为我小看你的礼物，

我对这泥土的模型永远是感激的，

通过它，我才得以进入无形无状之门。

不论何时，我心里一无所求地

来到你的门前，

都受到你衷心的欢迎，

我知道，你的礼物不是给贪婪者的，

你把琼浆玉液藏在陶罐里，

决不给那淫猥地渴望鲸吞的嘴唇。

大地啊，你带了不朽的礼物，正等着欢迎

那踩着艰巨的、超脱之路的旅人。

饕餮之徒渴望着肉食，

商人在腐肉里钻营，

今天他们混在一起，日夜纵酒狂饮。

然而，像从前一样，我不由得笑了，

嘲笑学者摆阔的愚蠢，

嘲笑贫儿暴富的专横，

嘲笑炫耀者可怕的浓妆艳抹，

嘲笑那挖苦人之神性的、亵渎言论。

够了。你门廊里的钟报了最后一点钟，

我的心响应着打开告别之门的吱嘎之声。

在这黄昏逐渐深沉的幽暗里，

我要搜集残留的闪烁火焰，来点燃我枯萎的意识，

在七仙星的凝视下，啊，大地，

向你作最后的礼拜。

我最终的无声歌曲的香烟，

将冉冉缭绕在你的周围。

我的背后将留下一棵蛟花粉树，

这树尚待开花哩。

此岸痛苦的心徒然盼望过渡，

而爱在慵倦记忆里的自我谴责

消失在日常工作的屏幕背后了。

一一〇①

在上空，科学的灯光照耀，

黑夜忘却了它自己，

而在地下的昏暗里，

---

① 这诗是谴责《慕尼黑条约》的。

瘦骨嶙峋的饥饿和得意忘形的贪婪，

互相撞击冲突，

直至大地战战兢兢，

凯旋柱

危险地断裂了，

在张开大口的深渊边上摇晃。

不要在惊惶中哀号，

也不要愤怒地责怪上帝，

让膨胀的罪恶在痛苦中爆裂，

吐出它积累起来的污垢。

当食肉风暴的牺牲者

被贪婪利齿争夺拖曳的时候，

让那可恶的鲜血淋漓的亵渎行动

激起神圣的愤怒，

预报一个英雄的和平

行将在可怕的报应中来临。

他们聚集在教堂里，

在因恐惧而加剧的一种原始的信仰狂里，

指望谄媚他们的上帝，

使他心满意足，

使他因宽容而软弱无力。

他们半信半疑地觉得，

但凭这一册写在圣书里的

他们痛哭流涕的呼号，

和平就会降临这疯狂的大地。

他们深信他们的纵容迁就的上帝，

会捎给他们及时的智慧：

把礼拜所需的一切牺牲，

都取之于较弱的人们，

留下他们自己的不义之财不被瓜分。

然而，让我们希望：

为了这世界上道德正义的庄严，

希望上帝决不受骗上当，

尽管虔诚外交斤斤计较地耍弄手腕

仔细避免自己的一切损失；

而一场可怕的惩罚也许必须进行，

直到最后的结局，

决不在一个狡诈地治愈的伤疤上

留下一点余毒。

经过人类骚乱多难的历史，

一阵破坏的盲目狂怒席卷而来，

文明的高塔竟给颠覆在尘埃里。

在道义化为乌有的混乱之中，

历代的烈士英勇地赢得的

人类最珍贵的宝库，

被劫掠者践踏在脚下。

干吧，年轻的国家，

宣告为自由而战，

举起战无不胜的信念的旗帜。

在那被仇恨炸裂的大地上，

用生命架起桥梁，

向前迈进。

不要屈服，不要俯首忍辱负重，

你受到恐怖的冲击，

也不要用虚伪和狡诈来挖掘壕沟，

为你不光彩的人格找个避难所；

---

①这首诗是献给加拿大的，1939 年 5 月 29 日曾在渥太华电台广播过。

不要为了拯救自己，
把弱者当作祭品献给强人。

一一二

那些以他们的统治者的名义
打过一次耶稣基督的人，
重新在这个世纪出生了。

他们穿上敬神的服装
聚集在他们的祈祷堂里，
他们号召他们的士兵，
他们大叫大喊："杀，杀！"
他们的怒吼里夹杂着赞美诗的音乐，
而人子耶稣基督在痛苦中祈祷：
"上帝啊，把这盛满最苦毒汁的杯子
丢掉，丢得远远的吧。"

一二一

浮在时间的悠闲溪流上，

我的心灵移动着，凝望遥远的虚无空间。

沿着伟大虚空的道路，

影影绰绰的图画在我眼前形成。

历代以来，一队队的人，

以征服者趾高气扬的速度，

穿过漫长的往昔。

渴望建立帝国的帕坦人来过了，

莫卧儿人也来过了，

胜利的车轮

扬起各式各样的烟尘；

得胜的旗帜飘飘扬扬。

我望望那空荡荡的道路，

如今他们的遗迹已荡然无存。

蔚蓝的空间，从早到晚，从世纪到世纪，

被日出和日落的光彩染红。

在那空虚里，又成群结队地

沿着铁轨，乘着喷火的车子，

来了强悍的英国人，

散布着他们的活力。

时间的激流也将涌过他们的道路，

把帝国的遍地罗网席卷而去，

而他们的挟带着商品的军队，

在繁星满天的空虚道路上

也将留不下一点儿痕迹。

我放眼观看这片大地，

但见伟大的群众

从世纪到世纪，

为人类生与死的日常需要所驱策，

沿着不同的道路，

分成好多群，纷乱移动。

他们，永远

划桨，掌舵，

他们，在田地里，

播种，收割。

他们继续不断地劳动着。

王笏断了，战鼓不再响了，

胜利之柱裂了，愚蠢地忘掉了它自己的意义；

血迹斑斑的武器，充血的眼睛和脸，

把他们的编年史隐藏在儿童故事书里了。

他们继续不断地劳动着，

在安伽、般伽、卡陵伽的大海大河的台阶上，

在旁遮普、孟买和古吉拉特，

雷霆般的亿万嘈杂的声音

日夜交织在一起，

形成这伟大世界的生活的共振共鸣。

不断的忧愁和欢乐，

掺和在高唱着的强大的生之颂歌里。

在成百个帝国的废墟上，

他们继续不断地劳动着。

一二二

我时时刻刻觉得，

我离去的日子临近了，

以安静的落日余辉

遮掩这别离的日子吧。

让这时刻安安宁宁的，静静的，

别开任何盛大的纪念会

以创造悲哀的幻境。

但愿森林的树木

在离别的大门旁，从沉默的叶丛里
升起大地的平安的歌。
但愿黑夜降下无言的祝福
以及北斗七星仁慈的光辉。

一二三

在我生日的水瓶里，
我从许多香客那儿
收集了圣水，这个我记得。
有一回我去到中国的国土，
我从前不曾见过的人们，
把友谊的痣，点在我的前额上，
还称我为自己人。
不知不觉间，陌生人的衣服
从我身上卸下来了，
出现了内在的人，他是永恒的，
显示出一种意想不到的欢乐情谊。
我取了中国名字，穿上中国衣服。
这在我心里是明白的：
我在哪儿找到朋友，便在哪儿获得新生，

朋友带来了生的奇迹。
异乡开着不知名的花卉，
它们的名字是陌生的，
陌生的土地是它们的祖国，
可是在灵魂的欢乐王国里，
它们的情谊找到了开诚相见的欢迎。

一二四

节日又一次来临。
带着春天慷慨的情谊
诗人的阳台上，花枝
插满了祝贺新的生日的篮子。
我在紧闭的房间里躲得远远的——
今年，盛开的妙焰花徒然邀请我了，
我想歌唱"春山"的曲调，
然而，离别近在眼前，噩梦郁积在心头，
我知道，我的生日
不久就要融入那不变的一天，
在毫无标志的连续的时间中丧失无遗。
这种忧郁里并不充满花巷阴影的温柔，

记忆的痛苦并不在森林的萧萧飒飒中作声。
无情的欢乐会吹起节日的笛子，
中途便把离别的痛苦刷掉了。

R. Tagore

Rabindranath Tagore: An Anthology

图书在版编目(CIP)数据

情人的礼物：泰戈尔抒情诗选／（印）泰戈尔
（Tagore，R.）著；吴岩译.—上海：上海译文出版社，
2012.6（2024.4 重印）
（译文经典）
书名原文：Rabindranath Tagore：An Anthology
ISBN 978－7－5327－5827－2

Ⅰ.①情… Ⅱ.①泰… ②吴… Ⅲ.①抒情诗—诗集
—印度—现代 Ⅳ.①I351.25
中国版本图书馆 CIP 数据核字（2012）第 103129 号

情人的礼物——泰戈尔抒情诗选
〔印度〕泰戈尔 著 吴 岩 译
责任编辑／张建平 装帧设计／张志全工作室

上海译文出版社有限公司出版、发行
网址：www. yiwen. com. cn
201101 上海市闵行区号景路 159 弄 B 座
山东韵杰文化科技有限公司印刷

开本 787×1092 1/32 印张 11.25 插页 5 字数 89,000
2012 年 6 月第 1 版 2024 年 4 月第 3 次印刷
印数：11,001—14,000 册

ISBN 978－7－5327－5827－2/I·3448
定价：63.00 元